Christine Grän, geb. 1952,
lebte in Graz, Berlin, Bonn,
Gaborone/Botswana, Hong-
kong, Frankfurt und ist jetzt
in München ansässig.
Seit *Die Hochstaplerin* und
Hurenkind gehört sie zu den
erfolgreichsten deutschsprachigen Krimiautorinnen. Mit
ihrer Heldin Anna Marx hat
sie eine der ersten Detekti-
vinnen der deutschen Krimi-
literatur geschaffen, verfilmt
als zwölfteilige Fernsehserie.
Sie wurde mit dem Marlowe
und dem Ernst-Hoferichter-
Preis 2008 ausgezeichnet.
Zuletzt ist von ihr der Roman
Heldensterben erschienen.
www.christinegraen.de

Christine Grän

JEDERMANNS GIER

Krimi * Nautilus

KALIBER .64

Edition Nautilus
Verlag Lutz Schulenburg
Schützenstr. 49 a
D-22761 Hamburg
www.edition-nautilus.de
Alle Rechte vorbehalten
Die Krimireihe
»Kaliber .64« wird
herausgegeben von
Volker Albers
© Edition Nautilus 2008
Umschlaggestaltung:
Maja Bechert, Hamburg
www.majabechert.de
Originalveröffentlichung
Erstausgabe Februar 2009
Druck und Bindung:
Fuldaer Verlagsanstalt
1. Auflage
ISBN 978-3-89401-589-3

EINS

An den Anblick von alten Männern hat sie sich gewöhnt. Kurzsichtigkeit hilft, dezentes Licht und der Gedanke, dass sie Gutes tut – für sich. Victoria streichelt das faltige Gesäß mit zarter Hand, sie sind so zerbrechlich, die Greise, ihre Haut wie altes, knittriges Seidenpapier, und die dünnen weißen Härchen, die über braunen Flecken wachsen, Sommersprossen der Vergänglichkeit, und Knochen, die bei Berührungen leise ächzen. In den wässrigen Augen liegt Dankbarkeit, eine Demut, die sie früher nicht besaßen, als sie jünger und unsterblicher waren. Anton lächelt sie an mit seinen weißen, falschen Zähnen, und sie sagt: »Es war gut.« Das sagt sie immer, auch wenn es schlecht war. Lügen sind das Salz des Lebens, die Wahrheit jeder Liebe, der Imperativ ihrer Existenz. Selbst wenn Anton ahnt, dass der Sex traurig war, er ist mit 81 auch geistig noch rege, zieht er es vor, ihr zu glauben. Sie ist seine letzte Geliebte, das weiß er, ein kleiner Aufschub vor dem Nichts, in das er gehen wird, gehen muss, und Victoria ist das Leben, das er einmal geliebt hat, gelebt und verlebt. Er küsst ihren weißen Nacken und fühlt sich jung, noch einmal jung, so als könnten Gefühle die Zeit anhalten, sie in Glückseligkeit einfrieren, nein, dieser Begriff ist falsch, er erinnert Anton an ein Leichenschauhaus und an seine große Angst, die Kontrolle über sein Leben verloren zu haben.

»Du frierst«, sagt Victoria, und in ihrer Stimme liegt eine Besorgnis, die ihn zu Tränen rührt. Er war nie sentimental früher und viel zu beschäftigt, den Laden zu führen, Geld anzuhäufen und die Familie bei Laune zu halten. Ein bisschen Golf und Sex mit willigen Damen, das waren die einzigen Vergnügungen in seinem arbeitsreichen Leben. Jetzt ist er alt und zehn Millionen schwer. Das meiste davon steckt im Geschäft, doch selbst wenn er mehr als genug übrig hat, wofür sollte er es ausgeben? Der Appetit hat nachgelassen, so wie die Lust an teurem Burgunder. Das Zigarrenrauchen hat er auch aufgegeben, und für Golf fühlt er sich inzwischen zu klapprig. Trifft keinen Ball mehr wie früher, und er will sich nicht zum Affen machen in seinem Golfclub.

Dort hat er sie kennengelernt, die schöne Victoria, das war vor drei Monaten, als er auf der Terrasse des Clubhauses saß und vor Selbstmitleid verging, weil er nur noch zuschauen konnte bei allem, eine Randfigur war am Rande der Lebenszeit. Ihre roten Haare, lang und wild gelockt, das fiel ihm als Erstes auf, und dann diese grünen Augen und die Sommersprossen, diese weibliche, wunderbar gerundete Figur, die sich wohltuend von den dürren Golfziegen mit ihren blondierten Haaren abhob. Ihr erstes Lächeln, das ihn einer Ohnmacht nahe brachte. Die kleinen Schweißperlen auf ihrer Oberlippe, diese unglaublich weiße Haut und die winzigen Fältchen um ihre Augen. Sie hat ihm bis heute ihr Alter nicht verraten, doch Anton schätzt sie auf 40 plus, sie könnte – theoretisch – seine Enkeltochter sein.

Doch sie war so gütig, seine Einladung auf ein Getränk anzunehmen, ein gespritzter Apfelsaft, er weiß es noch genau, und sie redeten und redeten – Gott, er fühlte sich so lebendig wie seit Langem nicht mehr. Nach drei Abendessen und einem gemeinsamen Besuch in der Oper hat er sie zum ersten Mal geküsst –, und sie zuckte nicht zurück, sondern öffnete ihre Lippen und strich mit ihrer Hand sanft über seinen Nacken. Zärtlich ist sie, hingebungsvoll, und von erstaunlicher Schweigsamkeit. Fast nie spricht Victoria über sich oder ihr Leben. Er weiß nur, dass sie in Argentinien geboren wurde, als Tochter einer irischen Mutter und eines deutschstämmigen Lehrers, und dass sie nach dem Tod ihrer Eltern nach Deutschland ging, um Schauspielerin zu werden. Ein paar wenige Engagements, sie ist nicht gerade erfolgreich, doch bescheiden in ihren Ansprüchen und dankbar wie ein kleines Kind, wenn er sie in teure Restaurants führt oder beschenkt. Sie ist, auch das beeindruckt ihn, eine hervorragende Golfspielerin, und er hat ihr die besten Schläger gekauft, die es auf dem Markt gibt. Es sind die kleinen Aufmerksamkeiten, mit denen er vier Jahrzehnte überbrückt, es zumindest versucht, denn letztlich ist Victorias Zuneigung das größte Wunder seines Lebens.

Seine verstorbene Frau, die beiden Töchter – das war Familie, Pflicht und Verantwortung. Victoria ist leidenschaftliche Liebe, Lebenslust pur, und der Sex ist fast nebensächlich, wenn es doch nur darum geht, eine Frau neben sich zu spüren, ihre glatte, warme Haut zu berühren und mit den Fingern ihre Kurven nachzuzeichnen, das müde Haupt auf ihre Brüste zu legen und zu denken, dass die Ewigkeit warten kann.

»Willst du mich heiraten?« Antons brüchige Stimme klingt noch rauer als sonst. Ihre Antwort ist Nein, doch sie spricht es nicht aus, sondern streichelt seinen fast kahlen Kopf mit den von ihm gehegten Resthaaren. »Ist es nicht gut so, wie es ist?«

Er kann ihr Gesicht nicht sehen, nur ihre Brustwarzen spüren. Sie sind weich wie alles an ihr. »Sogar sehr gut, aber es gibt immer noch Raum für Verbesserungen. Du könntest eine wohlhabende Witwe werden.«

»Reden wir jetzt von Hochzeiten oder Begräbnissen, Anton? Geld bedeutet mir nicht so viel, weißt du.«

Er möchte es glauben, so sehr, dass sein Herz beunruhigend schnell schlägt. Ganz normale Ermüdungserscheinungen, sagt der Professor, den er fürstlich dafür bezahlt, ihm erträgliche Diagnosen zu stellen. »Geld ist das Beste nach der Liebe, mein Kind, und ich werde nicht ewig leben, das meine ich. Im Übrigen habe ich mein Testament bereits geändert und dir eine halbe Million hinterlassen. Das ist eine Summe, die meine Töchter juristisch nicht anfechten werden, ich kenne die gierigen Monster. Als meine Witwe würdest du die Hälfte kriegen, ein nettes kleines Vermögen.«

»Das klingt verlockend«, murmelte Victoria, und er kann zwischen Ernst und Ironie nicht unterscheiden. Tatsächlich kennt er sie kaum nach drei Monaten, zwölf Abenden und sieben Nächten. Er war noch nie in ihrer Wohnung, die sie als »nicht gesellschaftsfähig« bezeichnet. Er kennt ihre Freunde nicht, weiß nicht einmal, ob sie seine Musik mag, obwohl sie ihn zweimal begleitet hat in die Oper, und ihr Gesicht, dieses schöne, wilde Gesicht, zeigte keine Emotionen. Sie kann ausgelassen sein, ironisch oder still und nachdenklich, doch was sie wirklich denkt, weiß er nie. Ist vielleicht auch besser so, denkt Anton, den die Liebe nicht aller Sinne beraubt hat. Er wünscht nur, dass er mehr Zeit hätte für diese Liebe, mehr Kraft und Virilität. Das Herz, es ist schwach und verbraucht durch zu viele Jahre auf der falschen Seite des Vergnügens. Jetzt, da er es braucht, wird es ihn im Stich lassen. Bald, denkt Anton, doch es geschieht jetzt. Während er versucht, ihr zu sagen, dass sie seine größte Liebe ist, spürt er ein Kissen auf seinem Gesicht, ein großes Stück mit Daunen, von Damast umhüllt, das ihm die Stimme erstickt, mehr noch, ihm den Atem nimmt. Panik, er zappelt mit den Beinen und versucht, mit seinen Händen das Kissen wegzudrücken, doch sie ist viel stärker als er. Schließlich wandelt sich Todesangst in eine Hingabe an das, was mit ihm geschieht. Anton geht in das Nichts, das er immer so gefürchtet hat, und sein letzter klarer Gedanke ist, dass sie ihn wirklich nicht heiraten will ...

ZWEI

Der Professor ist ein Jüngling im Vergleich zu Anton, 72, und er ist noch vor dem Stadium demütiger Dankbarkeit, auch wenn er sich in die Rothaarige verliebt hat, von der ersten Minute an, als er den Raum betrat, in dem sie vor dem Bett kniete und Antons kalte Hand streichelte. Eine berührende Szene, und nachdem er den alten Freund untersucht und den Totenschein ausgestellt hatte, tröstete er sie mit starkem Tee und beruhigenden Worten.

»Er war immerhin glücklich, bevor er starb«, sagte er, und das kann man nicht von jedem behaupten, die meisten gehen dahin, wie sie gelebt haben: fern von sich und ihren Wünschen. »Leben ist die Ideologie der eigenen Abwesenheit«, diesen Satz von Adorno spricht der Professor jeden Morgen vor dem Spiegel aus, um dann in bitterer Selbsterkenntnis die Zähne zu putzen und die Rituale der Morgentoilette zu durchlaufen; danach folgen Müsli und Tee, die Zeitung und ein paar Worte zur Gattin, die um diese Tageszeit sehr alt aussieht; anschließend die Praxis und abends die gesellschaftlichen Veranstaltungen, zu denen man sich begibt, um nicht vor Langeweile zu sterben.

Victoria ist nicht langweilig. Sie ist sexy, witzig und von geradezu schamloser Offenheit. Sie findet ältere Männer interessanter, weil sie mehr wissen und mehr besitzen, und als arbeitslose Schauspielerin muss sie Privates und Berufliches miteinander verbinden, um über die Runden zu kommen. Sie macht keinen Hehl aus ihrer Geldgier, ihrer Lebensgier, der Gier überhaupt. So unmoralisch, und das ist interessanter als das große Heucheln, das er in seinen Kreisen, lauter alte Leute, kennt.

Victoria behauptet, dass sie Antons Geist erotisch gefunden habe, und das glaubt er ihr sogar. Die halbe Million, die sein Freund und Patient ihr hinterlassen hat, investierte Victoria in Aktien, sie ist eine Spielerin, und manchmal denkt er, dass seine Geliebte das ganze Leben als Spiel begreift – und sie könnte, das zieht er in Betracht, eine schlechte Verliererin sein.

Keine Pläne, keine Ziele, Victoria will sich nur amüsieren, und das tun sie auf ihren Kurztrips nach Paris oder London oder Rom, und wenn er sie nicht explizit aushält, so kommt sie ihn doch teuer zu stehen mit ihren Vorlieben für die besten Hotels und Restaurants – und Handtaschen. Jeder Trip eine Tasche, doch andererseits ist ihm klar, dass auf dem Markt des Gebens und Nehmens die Rollen klar verteilt sind. Victoria ist eine Hure auf hohem Niveau, das streitet sie gar nicht ab, und hat sie je behauptet, in ihn verliebt zu sein?

Mitnichten, doch sie bringt ihn zum Lachen, erstaunt ihn mit leidenschaftlicher Hingabe im Bett, und sie kann zuhören, wenn er ihr von seinem Leben erzählt, von seinen Träumen, den erfüllten und unerfüllten. Und ja, sie gibt ihm das Gefühl, ein großer Mann zu sein. Er ist klein und ein wenig korpulent. Die Gattin nervt ihn mit sinnlosen Diäten, und jetzt kann sie zusehen, wie er zunimmt, machtlos zusehen, denn sie wird ihn nicht verlassen, die alte Schrappnelle, weil sie es liebt, ihn zu hassen. Die Szenen einer Ehe sind das Ritual, an das sich beide gewöhnt haben und das sie noch verfeinerten, als die Kinder aus dem Haus waren. Die katholische Variante ehelicher Treue ist perfekte Heuchelei, während mit Victoria alles leicht und unbeschwert ist, eine Wochenendliebe, und seine familiären Pflichten erfüllt er nur an Feiertagen, wenn die Kinder kommen, die ihn nie geliebt haben und es auch jetzt nicht tun. Sie kennen ihn kaum, er hat ja immer gearbeitet, als Assistenzarzt, Oberarzt, Chefarzt – und zuletzt in der Privatpraxis, weil er nicht aufhören kann zu heilen, sich selbst zu heilen vom Schatten der Langeweile, in der Victoria das einzige Licht ist.

Zu seinem Geburtstag schenkt sie ihm ein Bild, das sie von ihm gemalt hat, sehr abstrakt. Auch wenn er es sonderbar findet, würde er sich kein Urteil erlauben, weil er von moderner Kunst nichts versteht. Nach der Familienfeier treffen sie sich in dem Hotel, ein teures Vergnügen, doch Vergnügen immerhin, und er verspricht ihr, das Bild in seiner Praxis aufzuhängen, im Wartezimmer, das er nie betritt, doch das sagt er ihr nicht. Sie trinken Champagner auf sein 73. Jahr, und sie lieben sich und trinken weiter und irgendwann, in dieser Stunde zwischen Nacht und Morgen, in der alles grau ist, unwirklich, in der er sehr betrunken, ganz entspannt ist, erzählt er ihr von seinem größten Fehler, dem einzigen Makel in seinem ordentlichen Leben. »Pfusch am Bau«, wie er es nennt. Der Kunstfehler des Professors bei einer Darmoperation, Alkohol war im Spiel, ein Moment der Unaufmerksamkeit, und ein Toter lag auf dem OP-Tisch, er erklärte seinen Rücktritt und verließ die Klinik, um sich ganz seiner Privatpraxis, seiner Buße zuzuwenden.

Er hat sich geschworen, nie wieder zu operieren und spendet ein Zehntel seines Einkommens an die Dritte Welt. Klingt es ironisch, als sie sagt, dass dies eine sehr großzügige Buße sei? Doch sie streichelt seinen Arm liebevoll, und ohne Brille kann er nichts in ihrem Gesicht lesen. Nur die roten Haare leuchten im Halbdunkel, und sie könnte ein verzeihender Engel sein.

»Menschen machen Fehler«, sagt der Professor, »und es war der einzige in meinem Leben.« Sie weiß es besser, doch lächelt sie nur, gütig und verständnisvoll, und er fühlt sich geborgen an ihrer Seite, auch wenn sie ein Kind ist, ein kluges, gieriges, seltsames Kind, dem er vertraut, weil er einen Menschen braucht, dem man alles sagen kann, ohne sich zu fürchten.

»Schlaf gut«, sagt Victoria, und das tut er, tief, beinahe traumlos und ohne schlechtes Gewissen.

Beim Frühstück eröffnet ihm Victoria, dass sie einen Kredit über 250 000 brauche, weil sie in todsichere Aktien einer chinesischen Umweltfirma investieren müsse.

Sie beißt in ein Knäckebrot mit Honig, und zum ersten Mal fällt ihm auf, dass ihr Gebiss einem Vampir gleicht, im Ansatz, und ihre Haut erscheint ihm noch bleicher als sonst. »Man muss nicht zocken, liebes Kind, und wenn, warum arbeitest du nicht mit Antons Geld? Er hat dir ja genug hinterlassen.«

Sie antwortet, dass es nie genug sei, außerdem seien ihre Aktien gefallen und sie könne zurzeit nicht verkaufen. Ihre Stimme klingt anders als in der Nacht, sehr viel härter, und er fühlt sich müde und verkatert, während sie grauenvoll munter ist und über Geld redet, was er um diese Tageszeit ungebührlich findet. Er erklärt ihr, dass er nicht im Traum daran denke, ihr eine so große Summe zu leihen. Victoria leckt sich mit der Zunge Honig von den Lippen. »Dann schenk sie mir und betrachte es als Spende für dein schlechtes Gewissen.«

Die Müdigkeit ist fort. Erinnerung setzt ein, an die Nacht und das Morgengrauen und seine höchst überflüssige Beichte des Kunstfehlers. Wie konnte er so blöd sein, einer Frau zu trauen, die er kaum kennt? Bitter schmeckt der Kaffee, und bitter klingt seine Stimme: »Das klingt nach Erpressung, ist das einer deiner Scherze?«

Sie lächelt, und er fühlt sich von den Vampirzähnen abgestoßen. »Aber nein, mein Lieber, du weißt, dass ich Geld ernst nehme. Sagen wir mal so: Wenn du es nicht tust, werde ich deine kleine, traurige Geschichte ins Internet stellen. Das wird dich nicht umbringen, könnte aber doch unangenehm werden. Deine Praxis lebt von deinem guten Ruf, weißt du. Und ich mache dir einen fairen Vorschlag: Wenn ich mit den chinesischen Aktien Geld verdiene, gebe ich dir deinen Einsatz zurück. Was sagst du?«

Ein leichter Schwindel, er hätte niemals so viel trinken dürfen. Sich mit dieser Frau einlassen, die schon Anton ins Grab gebracht hat. Der arme Freund mit seinem schwachen Herzen, und jetzt hat sie ihn im Visier. Ihr Gesicht verschwimmt vor seinen Augen, er greift sich an sein Herz, dieses dumme Herz, und sie sagt mit deutlicher Belustigung: »Geht es dir nicht gut – soll ich einen Arzt rufen?«

»Hexe!«

Sie reicht ihm ein Glas Wasser über den Tisch. »Ich weiß, früher hätten sie mich verbrannt. Aber du bist doch irgendwie auch ein Mörder, oder? Nicht absichtlich, aber für den Toten spielt es keine Rolle. Nun gib deinem Herzen einen Ruck, Professor, und wir scheiden als Freunde.«

Ihr Gesicht ist wieder ganz klar vor ihm, eine kleine Kreislaufschwäche, mehr nicht. Er würde sie gerne umbringen, weiß aber nicht wie. Vielleicht fällt es ihm noch ein, später, aber für den Augenblick wird er einlenken. Um seinen guten Ruf zu wahren, alles, was sein Leben eigentlich ausmacht. Seltsam, dass ihn der Verrat mehr schmerzt als die Aussicht, viel Geld zu verlieren. Eitelkeit, da hilft Adorno auch nicht weiter, und leider findet er sie immer noch schön, obwohl sie es gar nicht ist. Im Einzelnen betrachtet ist Victoria sogar hässlich, nur das Gesamtbild blendet, angefangen von den Haaren über die grünen Augen, die ein Herz aus Smaragd vermuten lassen. Grün oder blau sind die Farben ihrer Kleidung, die sie um ihren Körper perfekt inszeniert. Die Handtasche, die neben ihrem Stuhl steht, hat 2000 gekostet, er hat sie ihr in Amsterdam gekauft. Frauen sind so gierig, und Victoria ist ein Prachtexemplar der Spezies.

»Was gibt es da noch zu überlegen, Professor? Du wirst sehen, ich werde gewinnen.«

Vielleicht ist der Mangel an Selbstzweifel das Attraktivste an ihr, denkt er, andererseits ist sie nicht ganz dicht und wird eines Tages in der Psychiatrie landen. »War das von langer Hand geplant, oder ist es einer deiner spontanen Entschlüsse?«

Sie lächelt wieder und entblößt ihre verräterischen Zähne. »Ich bin immer spontan, Professor. Mein Wunsch, diese Aktien zu erwerben, und dein Geständnis trafen zufällig aufeinander. Kriege ich das Geld?«

Er nickt, und sie beugt sich über den Tisch, um einen Kuss auf seine grauen Haare zu hauchen. Ihre weißen Brüste, im Ansatz entblößt, sind auf seiner Augenhöhe. Sie sind echt, wie alles an ihr – bis auf die Moral, die ist eine billige Fälschung.

Nachdem er einen Scheck ausgestellt hat, den sie mit leichter Hand in ihre von ihm bezahlte Tasche steckt, küsst sie ihn noch einmal und geht dann fort. Auf hochhackigen Schuhen und mit diesem beschwingten Gang entfernt sie sich von ihm, einige Hotelgäste sehen ihr nach, und einige Männer wünschen sich das Falsche. Sie winkt noch einmal an der Tür, ohne sich umzudrehen.

»Fahr zur Hölle«, sagt der Professor laut, und die Frau, die zwei Tische weiter sitzt, sieht ihn verdammend an. Sie hat ja keine Ahnung, sie gehört zu den Guten, aber vielleicht auch nicht, und hier und jetzt beschließt er, künftig von allen Frauen die Finger zu lassen, außer in der Praxis natürlich. Er wird noch ein paar Jahre arbeiten müssen, um Victoria zu verschmerzen.

DREI

Sie nennen es *Best-Age-Residencia,* aber es ist nur ein Altersheim, ein Ruhesitz für Betuchte auf Mallorca, abseits vom Trubel, doch mit Blick auf das Meer und den Golfplatz. Die *Best-Ager* sind hier unter sich, viele Deutsche, aber auch ein paar Spanier und Franzosen, und vor Kurzem hat sich der erste Russe ein Appartement in der Anlage gekauft, was für ein wenig Aufregung sorgte, doch er erwies sich als stiller Mensch mit guten Manieren, was Karl nicht von allen behaupten würde, die sich im Park, in den Restaurants und Geschäften und auf dem Golfplatz tummeln.

Karl Werthof ist 78, Diabetiker und ein Fanatiker der Etikette, wenn es um Golf geht, seine letzte Leidenschaft, seit er seine Firma verkauft und sich an einen Ort zurückgezogen hat, an dem häufiger die Sonne scheint als in Cuxhaven. Nicht, dass er die Hitze mag, doch nachdem seine Frau ihn betrogen hatte, erschien es Karl sinnvoll, sein Geld ins Ausland zu transferieren und sich danach von ihr scheiden zu lassen. Sie war seine vierte Ehefrau, und er ist der Meinung, dass er für seine temporären Verblendungen schon mehr als genug bezahlt hat.

Das Geld liegt auf den Caymans und wird in kleinen Tranchen nach Spanien überwiesen. Er braucht nicht viel, weil er sparsam isst und trinkt und die meiste Zeit auf dem Golfplatz verbringt. Handicap 21, und wenn Karl noch ein Ziel im Leben hat, dann das, unter 20 zu kommen, weshalb er jeden Tag mit einem Pro trainiert und mindestens einmal täglich über den Platz geht. Den Gebrauch eines Golf-Cars lehnt er ab, so alt ist er noch nicht, dass seine Beine ihn nicht mehr tragen, und in der Sommerhitze spielt er am frühen Morgen oder abends, 18 Löcher, sechs Kilometer weit immer dem kleinen Ball nach, der über Pinien fliegen muss, über künstliche Tümpel und Sandbunker und zuletzt ins Loch, das ist der schwerste Schlag von allen, der Triumph über zitternde Hände und Konditionsprobleme, und die Willenskraft, sich dennoch zu konzentrieren.

Golf ist für ihn mehr als ein Sport: Es ist die tägliche Herausforderung, alle Sinne auf ein Ziel zu konzentrieren.

Birdie, Par oder Boogey – alles andere ist Versagen, Demütigung, fast Schmerz. Und wenn es einen Gott gibt, woran er nicht glauben kann, dann sollte er aussehen wie Tiger Woods und ihn zu einer Runde Golf einladen, bei der es um Himmel oder Hölle geht. Die Hölle sind die anderen. Karl verachtet nicht nur ihr unsportliches Fahren über saftige Grüns. Die meisten der *Best-Ager* sind Golf-Anarchisten und Betrüger, sie kennen die Regeln nicht, missachten die Etikette und – das Schlimmste von allem – sie betrügen beim Spiel, selbst wenn es um nichts geht als die Ehre, 18 Löcher mit einem passablem Ergebnis zu absolvieren.

Vor drei Wochen wäre es fast zu einem Handgemenge gekommen, weil sein Mitspieler einen Ball, der definitiv im Aus lag, straflos weiterschlagen wollte. Die meisten haben ein Problem, ihre Schläge weiter als bis fünf zu zählen, sie betrügen sich selbst, und es macht Karl wahnsinnig, wenn seine Partner immer wieder Schläge »vergessen« und auf seinen Vorhalt korrekter Zählweise auch noch aggressiv reagieren. Die Spielerinnen sind ehrlicher, doch Frauen reden zu viel beim Golf, und jedes Gespräch über verstorbene oder geschiedene Ehemänner, Gallenbeschwerden oder Klagen über das Personal stört ihn bei seiner Konzentration, so dass er manchmal grob werden muss, damit sie den Mund halten.

Inzwischen will niemand mehr mit ihm über den Platz gehen außer dem Pro, den er dafür bezahlt. Sie nennen ihn einen Querulanten und Spielverderber, und sie haben ihn aus ihrer Gemeinschaft der *Best-Ager* ausgeschlossen, nicht nur auf dem Golfplatz. Das stört Karl nicht, doch allein zu spielen ist auf die Dauer langweilig, und der Pro hat nicht immer Zeit, ihn zu begleiten, weshalb Karl seit einer Woche mit einem Caddy über den Platz geht. Sie heißt Vicky und hebt sich wohltuend von den öligen jungen Männern ab, die nach einem schlechten Schlag versteckt grinsen und prinzipiell nicht servil sind, Südländer eben, mit dieser lässigen Arroganz, die nach Karls Meinung jeder Grundlage entbehrt.

Vicky, deutsch-irischer Abstammung, ist im besten Alter, ein netter Anblick und gesegnet mit der Schweigsamkeit eines guten Caddys. Sie redet nur, wenn sie gefragt wird, trägt seinen Golfbag einen Schritt hinter ihm und lächelt anerkennend, wenn ihm ein guter Schlag gelingt. Manchmal lobt sie ihn sogar, das macht ihn glücklich, die Anerkennung seiner Leistung, der einzigen, die er noch erbringen kann. Golf ist die Fortsetzung der beruflichen Karriere, das mag das Geheimnis dieses Spiels sein. Es erfordert Taktik, Präzision, Konzentration bei jedem Schlag, geistige und körperliche Fitness und die Fähigkeit, Fehler wegzustecken und stets positiv zu denken.

Vicky ist ganz seiner Meinung. Er hat sich angewöhnt, sie nach dem Spiel auf die Terrasse des Clubhauses einzuladen, was sie als Angestellte nicht dürfte, doch für 1000 Euro war der Manager bereit, eine Ausnahme zu machen. Fast alles ist käuflich, dieser Aspekt hat Karls Leben schon immer dominiert, und Vicky scheint sich über sein großzügiges Trinkgeld zu freuen. Bei Bier und Tapas analysieren sie sein Spiel der letzten Runde, und sie weiß um jeden seiner guten Schläge, die brillanten sowieso. Die missgünstigen Blicke der anderen, die ihn in den letzten Monaten geschnitten haben, erfreuen Karl ebenso wie Vickys Gesellschaft. Er gesteht sich ein, dass er aufblüht, nicht nur als Golfer, sondern auch als Mann. Sie ist eine attraktive Person mit diesen wahnsinnsroten Haaren, die sie zu einem Zopf gebunden hat. Immer freundlich, gut gelaunt und ein Lichtblick in diesem Seniorenstadl, in dem sie sich bis zuletzt selbst betrügen, so lange, bis sie in dem Flachbau landen, in dem die Pflegefälle untergebracht sind, die letzte Station oder das 19. Loch, in das zu fallen sich alle fürchten.

Die ersten Tage sprachen sie ausschließlich über Golf, doch an diesem Abend, den Sonnenuntergang und das rötlich gefärbte Meer vor Augen, fragt er sie, was sie an diesen Ort verschlagen habe. Für einen Caddy, der fast ausschließlich von Trinkgeldern leben muss, sei sie ja nun doch ein wenig reif oder so ähnlich. Sie lacht und sagt, dass sie ein wenig Pech gehabt habe in letzter Zeit, finanziell vor allem, und dass sie einfach mal aus Deutschland weg wollte in die Sonne. Eigentlich sei sie Schauspielerin, doch zurzeit ohne Engagement, weshalb sie einen Job suchte, von dem sie ein wenig versteht. Handicap 6.

Karl zieht ehrfürchtig die Luft ein. Eine Frau mit einem 6er-Handicap erscheint ihm begehrenswerter als Heidi Klum beispielsweise. Alle Exfrauen waren mittelmäßige Spielerinnen und auch sonst zu wenig zu gebrauchen. Er hat sie schlecht behandelt, das ist wahr, aber sie wollten ohnehin nur sein Geld, die Kleider und Klunker, für die sie mit ihrem Körper und mäßigem Charme bezahlten. Diese hier ist anders: ein Juwel, das keine Juwelen braucht. Karl errötet unter seinem Sonnenbrand und wagt es, sie zu einem Abendessen im besten Restaurant des Ortes einzuladen. Dass sie annimmt, bringt ihn innerlich zum Jubeln, und er fühlt, nein, er weiß, dass er mit dieser Frau das einstellige Handicap schaffen kann.

Die Trauung findet auf dem Grün des 18. Lochs statt, Golfschuhe obligatorisch, und Karl hat sie in einem Taumel der Großzügigkeit alle eingeladen, die *Best-Agers* und Angestellten des Golfclubs. Es ist gleichzeitig seine Abschiedsparty, denn er hat ein Haus gekauft auf den Klippen unweit des zehnten Lochs, nicht überdimensioniert, doch mit wunderbarem Blick aufs Meer und den Golfplatz. Vicky hat es ausgesucht und eingerichtet, ihr Geschmack ist makellos und keineswegs protzig. Vor der Haustür steht ein Golfer aus Bronze, den hat sie ihm zur Hochzeit geschenkt, nachdem er ihr ein Konto eingerichtet hat, und Karl war zutiefst gerührt von ihrer Großzügigkeit.

Späte Liebe ist etwas, worüber er lächeln könnte, doch er sieht auch all die praktischen Vorteile. Das Heim braucht er nicht mehr, weil er ja nun eine Frau hat, die für ihn sorgen kann. Den Pro muss er auch nicht mehr bezahlen, da er eine Golfpartnerin gefunden hat, die so viel besser spielt als er. Schließlich ist sie eine Person, auf die man stolz sein kann, und ihre Gier hält sich im finanziell überschaubaren Rahmen. Alles ist gut in dieser Golf-Ehe, und die missgünstigen Blicke und das Getuschel der anderen amüsiert ihn eher, als dass es ihn stört. Sex ist eine andere Sache, aber Vicky scheint damit zufrieden, einmal pro Woche mit ihm zu verkehren, mehr traut er sich nicht mehr zu, zumal die tägliche Runde kräftezehrend ist. Und Karl will noch lange leben und spielen, mit Vicky an seiner Seite, und später, irgendwann, wird sie beide Golfbags tragen, weil sie eine große und kräftige Person ist.

Karl war nie abergläubisch, doch er hätte seinen Ball am 13. Loch nicht ins Gestrüpp schlagen sollen, in die Hecken, die das Grün umgrenzen, und dahinter Steilküste und Meer. Ein furchtbarer Schlag, über den er sich gewaltig, aber still ärgert, weil Flüche gegen die Etikette verstoßen. Vicky rät ihm, einen provisorischen Ball zu schlagen, und das tut er, doch auch dieses Mal landet er ihm Gestrüpp, was Karl so erbost, dass er sich beherrschen muss, seinen Schläger nicht hinterherzuwerfen. Vickys Abschlag landet auf dem Grün, auch dies findet er nicht komisch, und wenn Blicke töten könnten, würde sie auf der Stelle umfallen, seine schöne Frau, die so viel besser spielt als er und ihn jetzt mitfühlend ansieht.

»Vielleicht finden wir ja einen der Bälle, und er ist nicht

im Aus«, sagt sie mit diesem bezaubernden Lächeln, das ihn an diesem Morgen und nach diesem Schlag unberührt lässt. Sie sind fast allein auf dem Golfplatz, weil sie schon seit sechs Uhr spielen, der Hitze wegen, die seiner Frau offenbar weniger ausmacht als ihm. Karl fühlt sich erschöpft, und er ist immer noch wütend, während er seinen Ball sucht, im Gestrüpp stochert. Andere hätten längst diskret einen Reserveball aus der Hosentasche gefischt und fallen lassen, doch das tut er nicht, nein, er will, er muss seinen Ball finden, weil er es hasst, ein Loch zu streichen, so etwas kann ihm die Laune für den ganzen Tag verderben. Vicky hilft ihm beim Suchen und stochert mit ihrem Eisen im Gestrüpp. Karl wischt sich den Schweiß von der Stirn. Es ist kurz nach acht, doch die Hitze des Morgens lässt ahnen, dass dieser Tag gnadenlos wird. Nach der Golfrunde wird er duschen und frühstücken und sich ein wenig ausruhen, während Vicky an den Pool gehen wird. Sie ist eine hervorragende Schwimmerin – was kann sie eigentlich nicht?

»Ich glaube, ich habe ihn«, sagt sie jetzt und weist mit der Hand auf eine Stelle tief im Gestrüpp. Er sieht ihn nicht.

»Lass ihn einfach, spielen kannst du ihn aus der Position sowieso nicht«, sagt Vicky, und er meint, in ihrer Stimme Schadenfreude zu hören, was Karl anstachelt, tiefer in die Büsche zu kriechen, er sieht weit unten das Meer, aber keinen Ball, und dann spürt er ihren Atem, ihre Hand, beide Hände, die ihn schieben, kraftvoll schieben, und Karl glaubt, dass sie ihm hilft, den Ball zu finden, aber nur sehr kurz, denn dann fliegt er über die Klippen, weit hinunter in das blaue, grüne Meer, das auf ihn wartet … während er bis zum Aufprall nicht begreift, was mit ihm geschieht, und dann ist es zu spät für alles.

VIER

Sie hat das Haus verkauft, obwohl es ihr schwerfiel. Es hätte ein Rückzugsdomizil sein können, doch die Umgebung war vergiftet von bösen Gerüchten und bohrenden Blicken. Karl, den sie alle verabscheut hatten, wurde posthum zu einem Märtyrer des Golfsports, oder schlimmer noch: zum Opfer seiner so viel jüngeren Frau. Die Polizei hatte Fragen gestellt, doch am Ende blieben nur ein vager Verdacht und die offizielle Bestätigung eines tragischen Unfalls. Zum Begräbnis erschienen die *Best-Ager* so geschlossen wie zur Hochzeit, und am Ende der schlichten Zeremonie verstreute Victoria die Asche rund um das 18. Grün, wie Karl es sich gewünscht hatte, obwohl sicher nicht zu diesem frühen Zeitpunkt.

Der Sommerwind, der dabei einsetzte, wirbelte die Asche auf, und die Witwe schnipste sich ein Stückchen Karl vom schwarzen Chanel-Kostüm. Das Getuschel ignorierte sie in stoischer Trauer, die teilweise echt war, denn Karl hatte die Vollmacht über sein Konto auf den Caymans aus dem Tresor entfernt, vernichtet vermutlich, womit das ganze schöne Geld für immer verloren war, denn die Bank würde es nach gesetzlicher Frist einziehen. Obwohl sie das ganze Haus abgesucht hatte, alles aus Karls Hinterlassenschaft, wurde sie nicht fündig. Darüber war sie sehr traurig.

Was ihr bleibt, ist der Erlös aus dem Verkauf des Hauses und des Wagens sowie ein wenig Geld von Karls spanischer Bank. Die bronzene Statue schenkt sie dem Golfclub, und die Fotos und Filme von der Hochzeit wirft sie in den Müll. An dem letzten Tag, den sie im Haus verbringt, beschließt sie, nichts mitzunehmen außer einem Koffer mit Kleidung, der Golf-Ausrüstung und dem Ball, den Karl vergeblich gesucht hatte. Sie hat ihn der Polizei gezeigt, er war wirklich unspielbar gewesen, doch Karl hatte ihr natürlich nicht geglaubt. Und ganz offensichtlich auch nicht gänzlich vertraut, sonst hätte er die Vollmacht nicht verschwinden lassen, die sein Hochzeitsgeschenk war.

»Vertraue niemandem und folge nur deinem Instinkt.« Die Worte ihres Vaters, dessen Asche in Baden-Baden verstreut ist. Er war ein Spieler und Trinker, ein charismatisches Arschloch, den sie geliebt und gehasst hat, und bis heute weiß sie nicht, welches Gefühl das stärkere war – und ist. Er schob sie auf Internate ab, nachdem ihn seine Frau mit gutem Grund und mit vagem Ziel verlassen hatte, aber in den teuren Schulen durfte Victoria nur so lange bleiben, wie seine Glückssträhne im Spiel anhielt. Fünf Internate insgesamt, und den Abschluss schaffte sie nicht, weil sie in Dublin von Edward geschwängert wurde, der sie zwar liebte, aber nicht genug, um Verantwortung zu übernehmen.

Mit 18 ist das Leben wie eine Achterbahnfahrt, und Victoria heiratete aus einer irrwitzigen Melange von Verzweiflung und Übermut den älteren Bruder, den sehr viel älteren Bruder, der sie anständig behandelte, nach der Fehlgeburt tröstete, um alsdann wieder in seiner Jagdhütte in der Connemara zu verschwinden, wo er seine Depressionen pflegte und ein Buch über das Sexualverhalten von Lachsen schrieb.

Victoria erinnert sich an das zugige, feuchte Haus auf den Hügeln von Galway, in dem sie eine Weile lebte, umgeben von Schafen und einer schwerhörigen Haushälterin mit Oberlippenbart, die immer das Gegenteil von dem tat, was man ihr sagte, ob aus Bosheit oder Gebrechlichkeit, blieb ihr Geheimnis. Victoria verbrachte ihre Zeit auf Golfplätzen, in der Bibliothek des Familiensitzes, der sich dem Verfall hingab, und in den Pubs der Stadt, wo sie sich aushalten ließ und manchmal auch dafür bezahlte.

Es war eine Zeit seltsamer Widerstandslosigkeit gegen

alles, was sich von Tag zu Tag ergab. Sie wusste, dass sie etwas tun sollte, doch das Taschengeld, das ihr die Haushälterin wöchentlich auszahlte, reichte nicht einmal für eine Fahrkarte nach Dublin. Monate vergingen, drei Jahre, in denen sich der Besitzer des Hauses selten blicken ließ, nur in seinen erleuchteten Phasen, in denen er pausenlos Witze erzählte und dazu Whiskey trank, und wenn er mit dem Reden aufhörte und nur noch auf sein Glas stierte, wusste Victoria, dass er bald abreisen würde. Er berührte sie kaum, nur nachts gelegentlich, wenn er sehr betrunken war, und er störte sie nicht, dieser leichte, alte Körper, der sich im Dunkeln anfühlte wie alle anderen, weniger glatt vielleicht, und er roch nach Whiskey und Zigaretten und war sehr sanft, sehr schnell, wie ein Geist, der sie streifte und wieder verwehte.

Im Winter des vierten Jahres verschwand Ian in einem der tiefen Moor-Seen, ob es ein Unfall war oder Selbstmord, wurde nie geklärt, und seine Leiche nicht gefunden. Victoria erbte das halbe Haus und die halben Schulden, die halben Schafe und die halbe Haushälterin, und Edward kam zurück nach Galway und übernahm seinen Teil der Hinterlassenschaft, zu der er auch die Witwe zählte.

Sie schliefen miteinander und stritten andauernd, meist ging es um Geld, und der Schuldenberg wuchs in dem Maße, wie das Haus verfiel, es tropfte durchs Dach, und die Stadtverwaltung stellte schließlich den Strom ab, weil seit Wochen keine Rechnungen mehr bezahlt wurden. Victoria und Edward beschlossen frierend und bei Kerzenschein, den Familiensitz zu verkaufen. Es war ein Sakrileg, Edward weinte, und die Haushälterin bedrohte ihn mit dem Lachsmesser, doch Victoria zog die Sache durch, und am Ende dieser Geschichte blieben 2000 Pfund, die sie mit Edward teilte, der ihr an allem die Schuld gab und sie eine verfluchte Hexe nannte.

Es war ihr klar, dass sie Männern kein Glück brachte, aber war es umgekehrt anders? Victoria kaufte sich ein Ticket nach London und wohnte eine Nacht im Savoy, in einem Zimmer, das warm war, hell erleuchtet und so luxuriös, wie sie zu wohnen wünschte. Danach zog sie in Erwägung, sich in die Themse zu stürzen oder einen Job zu suchen und entschied sich für Letzteres.

Die Erinnerung an London weckt ein Gefühl der Kälte, die mit der bodenlosen Einsamkeit in einer Großstadt verbunden ist. Jenseits der Schulzeit gab es keine Freunde mehr, und nach Irland keine Familie. Galway war ein Städtchen und London ein Monster, das für die Reichen und Touristen glitzernd lächelte, während es alle anderen die Fratze des Existenzkampfs zeigte. Für ein Pfund pro Tag verkaufte Victoria Sandwiches in Soho, und abends servierte sie Drinks in einer Bar, die einem Chinesen gehörte, der an Kapitalismus und Ausbeutung glaubte und daran, dass Spielhöllen im Hinterzimmer sehr viel mehr Geld bringen als der Ausschank von alkoholischen Getränken.

Es ging ihr nicht schlecht, es ging ihr nicht gut, es ging einfach so, bis sie Walter traf, der ein Sandwich mit gegrilltem Gemüse bestellte und sie mit vertrauter Sprache umgarnte, zum Essen ausführte, ins Kino und in Theater, und Victoria verfiel dem Charme des Geldes, von dem er reichlich hatte, der Vegetarier, der Anlageberater, der Beau im mittleren Alter, der ein Faible für junge Rothaarige mit weißer Haut hatte. Sie heirateten in Berlin, und sie zog in sein protziges Haus in Dahlem, wo sie anstelle von Sandwichessern, Trinkern und Spielern nun Walter zu bedienen hatte.

Sie liebte ihn, jedenfalls dachte sie das damals, heute glaubt sie, dass es wieder nur eine Flucht war vor der Leere, die durch nichts auszufüllen war. In gewisser Weise ähnelte er ihrem Vater, weil auch Walter ein Spieler war, nur ging es in seinem Metier um gewaltige Summen, und seine Gier war grenzenlos wie sein Appetit auf schrägen Sex und gebratene Artischocken, Champagner in Magnumflaschen und schnelle Autos, mit denen er durch Berlin raste, als gäbe es keine Regeln für ihn und seinesgleichen. Sie lernte, mit ihm umzugehen wie mit einem ungezogenen Kind, behandelte ihn mit beiläufiger Grausamkeit, das gefiel ihm, weil er ein masochistischer Sadist war und das »Normale« für langweilig hielt. Walter hatte keine Freunde, nur einen Hofstaat von Speichelleckern, und für Victoria waren es tausend Jahre Einsamkeit, nur vergoldet.

Das Leben auf der Überholspur fand ein jähes Ende, als Walters Imperium binnen Tagen zusammenfiel. Womit er auch spekuliert hatte, es erwies sich als heiße Luft in Milliardenhöhe, in der Endsumme gleich null. Dass er sich beim Abendessen die Pistole an die Schläfe setzte, fand sie dramaturgisch überzogen, doch andererseits konnte sie sich Walter in einer kleinen Gefängniszelle nicht vorstellen. »Nun schieß doch endlich«, sagte sie zu ihm, und er tat es tatsächlich mit einem letzten schrägen Lächeln, und es war laut und sah nicht schön aus. Sein Kopf fiel auf den Teller mit Austern, und das Blut spritzte über den Tisch. Sie blieb still sitzen und dachte, dass sie möglicherweise das Talent zur Witwe habe, wenn schon kein anderes. War es in diesem Augenblick, dass Victoria sich eine gewisse Herzlosigkeit eingestand, den absoluten Mangel an Mitgefühl mit dem Schicksal anderer? Sie hatte keine Zeit, darüber nachzudenken, weil sie das hysterische Dienstmädchen beruhigen und den Notarzt verständigen musste. Die Polizei kam auch, doch sie stellten nicht allzu viele Fragen, weil Walters Riesenpleite schon in allen Zeitungen veröffentlicht war. An seinem Grab stand sie allein und fühlte nichts, nur große Erleichterung, dass er endlich weg war.

Obwohl sie das Erbe ausschlug, wurde sie von Walters Gläubigern verfolgt, die ihr nicht abnahmen, dass sie von geheimen Konten keine Ahnung hatte. Walter hatte all seine miesen Geheimnisse mit ins Grab genommen, und Victoria flüchtete nach Wien. Ein paar Schmuckstücke und teure Kleider, das war alles, was geblieben war, sie mietete sich im Sacher ein und trug den Schmuck nach und nach ins Dorotheum. Als es nichts mehr zu verkaufen gab, zog sie in ein möbliertes Zimmer am Ostbahnhof und nahm eine Stelle als Putzfrau an, ein wahnwitziger Entschluss, den sie fasste, um ein »ordentliches Leben« zu beginnen. Sie hatte nichts gelernt, womit man Geld verdienen könnte, und es erschien ihr leicht, mit Dreck fremder Leute umzugehen.

Als Putzfrau war sie eine Katastrophe. Diese Karriere dauerte vier Jahre, in denen sie zehnmal den Arbeitgeber wechselte und viel Staub aufwirbelte. Der Sinn fürs Detail stand der großen Linie gegenüber, in vorgegebener Zeit bestimmte Arbeitsleistungen zu erbringen. Victoria war groß im Putzen des Tafelsilbers oder dem Bügeln der Wäsche, doch sie stand auf Kriegsfuß mit Badezimmern und Toiletten, schmutzigen Fenstern sowieso, und sie beharrte auf einer gewissen Langsamkeit, einer Hingabe zur jeweiligen Aufgabe, die von ihren Arbeitgeberinnen als Faulheit interpretiert wurde. Im Übrigen entsprach sie nicht dem klassischen Putzfrauenklischee: Kopftücher, geblümte Arbeitskittel – und vor allem durften sie nicht widersprechen, sondern sollten ihre Dienste in angemessener Demut verrichten.

Es kam zu Ermahnungen, heftigen Wortwechseln, fristloser Kündigung und einem Vorfall, den Victoria aus ihren Erinnerungen verscheuchte. Sie hat darüber mit der

Psychiaterin gesprochen, später, als sie wieder Geld hatte. Dr. Ankovich riet ihr, sich dem Zorn zu stellen, hindurchzugehen und am anderen Ende des Tunnels tief durchzuatmen und auf eine grüne Wiese zu blicken – mit Mohnblumen, die Victoria besonders mag.

Es funktionierte nicht. Am Ende des Tunnels war eine rabenschwarze Wolke, die die Sicht auf alles verstellte. Weshalb sie wieder dem alten Prinzip der Verdrängung folgt, das keine Lösung darstellt, aber auch nicht schmerzt. Nichts zu fühlen, ist schön. Dr. Ankovich hat diesem Satz vehement widersprochen, doch Victoria hält an ihm fest, während sie auf das Meer sieht, das auf unsentimentale Weise beruhigender ist als eine Wiese mit Mohnblumen. Sie trinkt ein Glas Burgunder auf die wiedergewonnene Freiheit. Eigentlich ist es schon fast eine Flasche, in der kurzen Ehe mit Karl hat sie sich seiner Gewohnheit angepasst, nie mehr als ein Glas pro Abend zu trinken. Er wollte 100 werden und noch eine Million Golfbälle schlagen. Der Gedanke an sein wütendes Gesicht nach dem Schlag ins Gebüsch amüsiert sie noch immer. Sie wusste, dass ihr Spott ihn anstacheln würde, weiter ins Gestrüpp zu kriechen, und dann war es so leicht, ihm mit einem kräftigen Schubs den Rest zu geben. Sterben ist einfacher, als die Leute glauben. Morden auch...

Kein Bedauern, keine Reue, sie fühlt nichts, es war ja nur ein Job, und sie hat ihn gut gemacht. Wird von Mal zu Mal besser, routinierter, und immer verlässt sie sich auf ihren Instinkt, im richtigen Augenblick zu handeln. Manchmal ist es nicht nötig, sie umzubringen, doch bei Karl dachte sie, dass es unumgänglich sei, um an sein gebunkertes Geld zu kommen. Nie hätte sie daran gedacht, dass er so hinterlistig sein könnte, die Vollmacht zu vernichten, jede Spur seiner Konten auf den Caymans. Das war ein Fehler, doch andererseits hat der Verkauf des

Hauses eine hübsche Summe gebracht, und sie will nicht zu gierig sein.

*

Die Psychiaterin hatte Victorias Angst vor der Armut auf ihre Kindheit zurückgeführt, die unfreiwilligen Schulwechsel, und vermutlich hat sie Recht. Doch viel näher sind die Erinnerungen an die Zeit in Wien, das kleine Zimmer in der schäbigen Gegend, das billige Essen, von dem sie fett wurde, und das Gefühl der Ohnmacht, weil sie nichts tun konnte, das über Broterwerb und Erfüllung der Grundbedürfnisse hinausging. Spazieren gehen, ja das tat sie, am Sonntag entlang des Golfplatzes, und manchmal reichte es für eine Kinokarte oder das Kaffeehaus, in dem sie stundenlang saß und Zeitungen las. Stellenanzeigen, doch die meisten Bewerbungen scheiterten an ihrer Unfähigkeit, die Augen niederzuschlagen und dankbar zu nicken, wenn der Hungerlohn zur Sprache kam, die Arroganz aus früherer Zeit schlug durch und ließ Arbeitgeber misstrauisch werden. Gewerkschafterin, Kommunistin gar oder eine Journalistin, die sich als Putzfrau tarnte? Nur die ganz Verzweifelten nahmen sie in ihre Dienste, aber eben nicht lang.

Sie stahl auch ein bisschen, nicht viel, eine Creme hier oder ein Paar Strümpfe dort, Lebensmittel manchmal, immer nur so viel, dass es nicht auffallen sollte. Zwischen Überfluss und Mangel herrscht ein moralisches Vakuum, das die soziale Kälte um ein paar Grade erwärmt. Sie war kein besserer Mensch in diesem ordentlichen Leben, versuchte nur, das Beste aus der Situation herauszuholen. Wozu auch gehörte, den Geheimnissen der Familien auf die Spur zu kommen, in deren Häusern sie putzte. Sie dachte dabei an Erpressung, doch war nichts wert, was sie fand, nur lässliche Sünden, für die keiner bezahlen wollte. Mit einer Ausnahme, doch nein, das gehört in den Tunnel ungeliebter Erinnerungen, und während sie das letzte Glas aus der Flasche leert, denkt sie lieber an Franz, den sie ein wenig liebte, zumindest bewunderte in diesen Wiener Tagen. Er war Kellner in ihrem Stammbeisl, in dem Kaffeehaus mit den vielen Zeitungen, und er war so gütig, ihre Rechnung auf einen Bierdeckel zu schreiben, wenn Victoria pleite war. Franz war ein gütiger, unmoralischer Mistkerl mit schlurfendem Gang, schiefem Lächeln und schwarzen, immer ein wenig fetten Haaren. Ein »Halodri« in der Wiener Mundart, der die Laufkundschaft betrog, wo immer er konnte, Touristen vor allem, im Nebenberuf ein Gigolo, der älteren Damen das Geld aus der Tasche zog. »Beischlafdiebstahl« in der Juristensprache, und Franz schämte sich kein bisschen für sein Metier, war im Gegenteil stolz darauf, Sex und Geld in profitablen Einklang zu bringen. Er sparte auf ein eigenes Kaffeehaus, der Mensch braucht ein Ziel, sagte er immer, weil er sonst verkomme in seinen minderen Begierden.

Der Sex mit ihm war gut, auch wenn sie nie den Blick auf ihre Handtasche verlor, weil sie Franz jede Schandtat zutraute. Was sie von ihm lernte war, dass die Liebe ein lukratives Geschäft sein kann, nur schien ihr schon damals der Beischlafdiebstahl eine Nummer zu klein – und für Frauen gefährlicher als für Männer. Denn die Opfer, die Franz sich aussuchte, mochte die Scham abhalten, ihn anzuzeigen. Bei Männern war es anders, und für Kleingeld Gefängnis zu riskieren, war einfach nur blöd. Noch auf ordentlichen Pfaden, war sie dennoch neidisch auf sein leicht verdientes Geld, seinen lässigen Umgang mit der Moral und den Charme, den er entfalten konnte, wenn er ein potenzielles Opfer im Visier hatte.

»Schmeichle ihnen übertrieben in jeder Hinsicht, und sie öffnen ihr Herz und Portemonnaie.« Auch so ein Franz-Satz, den sie nicht vergessen hat. Victoria fragt sich, ob er es je geschafft hat, sein Ziel zu verwirklichen? Sie war nie wieder in Wien, seit sie dort ihren Premierenauftritt hatte. Der erste Mann, den sie um sein Geld erleichterte, eine Million Schilling waren es, damals erschien es ihr ein Vermögen, und wie sie am Flughafen zitterte bis zum Abflug, weil sie fürchtete, dass er die Polizei verständigt hatte. Doch Konrad, der arme Kerl, starb nach ihrem Verrat an einem Herzinfarkt, das hatte sie zwei Tage später in der Zeitung gelesen. Immerhin ein Ex-Minister, ein Hofrat, den sie bei ihrer letzten Putzstelle im Seniorenheim kennenlernte. Konrad war 82 und benahm sich wie ein ungezogener Junge, weshalb ihn die Schwestern fürchteten, doch Victoria fand ihn amüsant, so dass sie sein Zimmer ausgiebig oder vielmehr sehr langsam putzte. Er saß in seinem Stuhl am Fenster und gab vor, die Zeitung zu lesen, während er sie mit seinen Blicken auszog. Nach und nach kamen sie ins Gespräch, das heißt, er redete, und sie hörte zu. Konrad lästerte über alles und jeden, und er tat es in großer Lautstärke, weil er schlecht hörte und sich weigerte, »Ohrstöpsel« zu tragen. Sie fand ihn geistreich und lustig und flirtete mit ihm, keine Hintergedanken anfangs, doch dann, als er ihr Geschenke machte und erotische Avancen, keimte der Gedanke des eleganten Beischlafdiebstahls, und sie tat es, nahezu ohne Überwindung, mit zärtlichem Spott vielleicht, der Überheblichkeit derjenigen, die den Vorteil der Jugend hat. Sie hatte keinen Plan, nur die vage Überlegung, dass ein betuchter Witwer für ihr Leben von Vorteil sein könnte.

Konrad war so dankbar, dass er weinte, hinterher, und er schenkte ihr den Rubinring seiner verstorbenen Frau. Victoria hat ihn noch, obwohl sie ihn selten trägt. Eine Sentimentalität, Erinnerung an ihren ersten Fall, die leisen, ach so leisen Skrupel, die sie damals noch hatte.

Als »ranghöchster Greis« des Heims kam Konrad mit

fast allem durch, was er anstellte, doch seine Affäre mit der Putzfrau war dann doch zu viel, und Victoria wurde trotz seiner lautstarken Proteste fristlos gekündigt. An diesem Tag machte er ihr einen Heiratsantrag und sprach davon, ein Haus in Grinzing zu kaufen. Dass er es ihr überließ, das Geschäft abzuwickeln, war leichtfertig, weil Victoria der Kontovollmacht und der Million, die als Anzahlung diente, nicht widerstehen konnte. Ein Haus in Grinzing, das war nicht ihr Ziel, vielmehr frei zu sein und die Wahl zu haben, sich alles zu leisten, was das Herz begehrt.

Heute weiß sie, dass es schnell langweilig wird, wenn das Ziel erreicht ist. In 15 Jahren hat sie genug Geld angesammelt, um ein sorgloses Leben zu führen. Sie könnte sich neben der Hütte in der Connemara ein großes Haus kaufen irgendwo in der Welt, einen teuren Wagen anschaffen und einen angenehmen Liebhaber, nicht alt, aber auch nicht zu jung, schließlich ist sie schon 44. Einsam wie Robinson auf seiner Insel. Der Beruf hat seine Schattenseiten, und sie könnte sich leid tun, wenn sie Gefühle zuließe. Besser, sich auf das nächste Projekt zu konzentrieren, sie hat einen Flug nach Miami gebucht. Viele Golfplätze und viele alte Männer. Sie wird einen Wagen mieten und auf die Jagd gehen. Vielleicht der letzte Job. Vielleicht fällt ihr ein Ziel ein, das jenseits der eigenen Gier liegt. Sie könnte in Guatemala ein Kind kaufen. Oder eine Schule für Slum-Kinder gründen. Etwas Gutes tun nur für den Fall, dass es einen Gott gibt.

Nein, die Rechnung ging nicht auf. Zu viele Morde, sechs waren es insgesamt, und den ersten beging sie auf hoher See, irgendwo jenseits der Bahamas, eine Kreuzfahrt, zu der Bill sie eingeladen hatte. Er war zu jung, 68, und ein widerlicher Geldsack, der mit seinen schlechten Manieren protzte und glaubte, einfach alles kaufen zu können. Ihre Gegenwart, ihr Lächeln, ihren Körper. Bill war

Alkoholiker, allerdings hatte er erst auf dem Schiff mit dem maßlosen Trinken begonnen, sonst hätte sie die Gangway niemals betreten. Wenn Bill soff, wurde er tückisch wie eine Natter, unglaublich laut und beleidigend, und wenn er sie mit seinem Whiskey-Atem küsste, meinte sie, sich übergeben zu müssen. Sie wurde seekrank, und er schimpfte sie eine nutzlose Hure, und als die Ärzte sie geheilt hatten, in einer dieser unglaublichen Sternennächte in der Karibik, stand sie mit ihm an der Reling, ganz allein waren sie, und Victoria hatte Todessehnsucht, als sie auf das dunkle Wasser starrte. Die Sterne waren zu weit oben, und neben ihr stand Bill, sturzbetrunken und in seiner Phase der Obszönitäten, die auch gelallt vorgetragen keinerlei erotischen Charme hatten.

Dieser erste Mord war so spontan, dass sie später nicht daran glauben mochte, es wirklich getan zu haben. Als er sich nach vorne beugte, um eine Flasche Whiskey zu erbrechen, trat sie zurück, griff nach seinen Füßen in Höhe der Knöchel und zog sie hoch. »Fuck« war sein letztes Wort, dann versank er im schwarzen Meer, und seine Schreie waren von hoch oben nicht mehr zu hören. Vielleicht doch, aber Victoria drehte sich weg vom Meer und den Lichtern zu. Welche Erleichterung, als er nicht mehr da war, einfach verschwunden, und sie tat so, als ob sie ihn suchte und alarmierte dann die Stewards, die ihn alle hassten, ihn gar nicht finden wollten – und es auch nicht taten. Bevor sie seine Hinterlassenschaft beim Kapitän ablieferte, stahl sie das Bargeld, das Bill reichlich bei sich hatte, und verbrachte den Rest der Reise ganz allein, es war himmlisch, obwohl sie drei Kilo zunahm, weil es einfach zu viele Mahlzeiten gab, fünfmal am Tag und Cocktails am Abend. Alle waren sehr freundlich zu ihr, und niemand nahm an, dass sie um ihn trauerte. Was sie auch nicht tat.

Sie fühlte sich nicht einmal schuldig, nur einfach froh, das versoffene Schwein los zu sein.

Große Schiffe, hohe Berge, weiche Kissen … die Welt ist ein Abenteuerspielplatz für Wagemutige, Skrupellose, Verbrecher aller Arten. Victoria sonnt sich in den Strahlen der untergehenden Sonne und wünscht sich in eine Sommerfrische mit Wiesen voller Mohnblumen. Es wird nie geschehen, sie weiß es. Idylle macht ihr Angst, so wie Männer, die von Liebe reden und doch nur Sex meinen. Jeder lebt mit seinen Lügen, und manche etwas kürzer.

FÜNF

Miami ist eine seltsam charakterlose Stadt, und Victoria glaubt daran, dass Städte Menschen prägen. Die Bewohner von Miami tragen leichte Kleidung, geben sich cool und locker, und ihre Jagd nach Geld und gutem Leben ist so hitzig wie träge. Was zählt, sind gute Deodorants, große Cabriolets und sonnengebräunte Haut.

Sie mag das Klima und schätzt die Oberflächlichkeit, die viele Amerikaner so verinnerlicht haben, dass sie mühelos kommunizieren. »Hi« und »Honey« sind zwei Worte, mit denen sie über den Tag kommt, die Klimaanlage in ihrem Appartement ist angenehm leise, und das Navigationssystem ihres Mietwagens führt sie auf die Golfplätze rund um die Stadt.

Victoria ist auf ihrer Jagd, und während sie spielt und in Golfclubs sitzt und Limonade schlürft, fotografiert ihr Gedächtnis die Männer, die in Frage kommen: alt, alleinstehend, wohlhabend. Schuhe und Uhren zählen, die Art, wie sie mit dem Personal verkehren, und wie hoch die Trinkgelder sind, die sie geben. Geiz ist keine gute Basis für ihr Geschäft und Alkoholiker hat sie aus ihrer Liste gestrichen, weil sie unberechenbar und meist auch unerträglich sind. Eitelkeit ist ein gutes Kriterium, dann ist es leichter, sie zu betrügen, und ein Mindestmaß an Sympathie muss sein, um körperliche Nähe zuzulassen.

Zwei Kandidaten sind in der engeren Wahl, seit ihr Favorit ausgeschieden ist. Sein Flirt mit dem kubanischen Kellner war dezent, doch für eine gute Beobachterin aufschlussreich. Bleiben also Freddy, der Ex-Börsenmakler, der allen weiblichen Wesen unter 50 nachsieht, oder Mark, ehemaliger Schönheitschirurg, der als wahrer Golffreak nur die Grüns sexy findet. Er ist der Schwierigere der beiden Kandidaten, doch andererseits reizt sie die Herausforderung. Sie hat den Sheriff bestochen, sie in seinen Flight einzuteilen, und bei ihrer ersten Begegnung an Loch 18 sprachen sie über nichts anderes als Golf. Ihr Handicap fand er natürlich beeindruckend, auch ihr Spiel, doch nach einem gemeinsamen Bier im Anschluss an die Runde verabschiedete er sich, weil er zu seiner Pokerrunde wollte.

Beim zweiten Mal schlug sie ihm vor, um Geld zu spielen, zehn Dollar pro gewonnenes Loch, und das gefiel ihm, zumal sie ihn knapp gewinnen ließ. Mark ist ein Spieler, das gefällt ihr, solange er seine Kinder nicht darunter leiden lässt. Er hat zwei erwachsene Söhne und zwei geschiedene Ehefrauen, doch scheint er in seinem Berufsleben so viel verdient zu haben, dass er sich mehr als eine Familie, Golf und Poker leisten kann. Er spricht nicht viel über sein Privatleben und über Geld mit der leichten Geringschätzung jener, die genug davon haben. Nach seinem Alter hat sie ihn nicht gefragt, doch sie schätzt ihn auf 80 plus, gut geliftet und durch Pilates in Form. Kein Gramm Fett am Körper, und aus seinen Blicken liest sie, dass er den ihren für keineswegs perfekt hält. Größe 38 entspricht nicht der Magernorm der Miamis, die in Fitness-Studios schwitzen und sich makrobiotisch ernähren, zumindest jene, die sich zur besseren Gesellschaft zählen, den Geldsäcken der Stadt.

Doch dann, in dieser Nacht, nach diesem Spiel, in dem sie ihn gewinnen ließ, so dass er sich wie Tiger Woods fühlte, sagt er ihr, dass er sie sexy findet, und sie gibt ihm das Kompliment zurück. Die Dunkelheit ist gnädig, das Kerzenlicht dezent, und die Klimaanlage surrt ihr kühlendes Lied, während Frank Sinatra im Hintergrund singt. Perfekte Inszenierung, sie ist in dieser leicht berauschten Stimmung, in der alles leichter ist, aber immer noch klar, und Mark bietet ihr nach dem Sex einen Joint an, den sie ablehnt, weil sie der Droge Alkohol vorzieht. Niemals die Kontrolle verlieren, das ist in ihrem Metier überlebenswichtig. Mark raucht alleine und sagt hübsche Sätze, die eher nach einer Beziehung klingen als kurzfristigem Vergnügen. Er mag junge Frauen, doch von den 20-Jährigen hat er genug, weil sie seine Musik nicht mögen und seine Geschichten, die nicht von Zukunft, sondern von Vergangenheit getragen sind, weil sie anstrengend sind in ihrer jugendlichen Lebensgier – und nicht besonders gut beim Sex.

»Du kommst langsam in das Alter von Schönheitsoperationen«, sagt Mark, und sie verrät ihm ihr Alter und lügt natürlich. Ein bisschen, und sie fügt hinzu, dass sie von künstlicher Verjüngung nichts halte. Weil sie glaube, dass sich Frauen ihres Alters mehr und mehr gleichen, zu Kunstfiguren werden, die weder alt noch jung sind, und ja, wenn der Zeitpunkt käme, würde sie sich einen Mann fürs Leben suchen und in Würde altern.

Altern sei würdelos, erwidert er, doch ihr Satz fällt auf fruchtbaren Boden. So war er auch gemeint. Mark macht ihr den Hof auf seine Weise, er findet sie altmodisch, sehr europäisch und anders als die Frauen, die er vor ihr kannte.

Tage auf dem Golfplatz, Abende in einem der Restaurants, in der winzige Portionen von Nichts absurde Summen kosten, und Nächte in seinem Haus.

Viel Sex, das ist der Haken an Mark, und sie vermutet eine Mischung aus Joints, Viagra und seiner Gier, die Zeit, die kostbare, verrinnende Zeit zu nutzen, und Schlaf ist Verschwendung und das Vergnügen alles – und es ist nie genug. Er ist anstrengend, und zum ersten Mal stellt sich Victoria der Tatsache, dass auch sie nicht mehr jung ist. Der letzte Job? Sie denkt darüber nach, während sie Marks Bild des perfekten Weibes mit ihren Lügen ausmalt. Und sie wartet darauf, dass er von Heirat spricht. Ihr Visum für Amerika läuft bald ab, das hat sie ihm beiläufig erzählt. Dann muss sie zurück nach Deutschland, in die Kälte des Winters, weg von dem Mann ihres Lebens. Sie lügt so leicht, dass sie manchmal selbst daran glaubt, was sie sagt. Sie spielen immer noch Golf um Geld, und sie lässt ihn ab und zu gewinnen. An diesem Tag sind es 100 Dollar, und er strahlt, als sie zurück zum Clubhaus gehen, das sich in weißer Pracht in die immergrüne Landschaft schmiegt.

»Victoria?«

Sie sieht den Mann an, der ihren Namen halblaut gerufen hat und erkennt ihn nicht. Sie braucht eine Brille und muss dringend zum Augenarzt, daran denkt sie, während sie in die Sonne blinzelt. Der Fremde, der mit einer Blondine am Tisch sitzt, ist aufgestanden und kommt auf sie zu. Er erinnert sie an jemanden, doch ist er zu jung, um eines ihrer Opfer zu sein.

Er steht jetzt vor ihr und küsst sie auf beide Wangen. »Kennst mich nicht mehr? Franz – aus Wien. Ich habe geheiratet und heiße jetzt Franky – und die Dame am Tisch ist meine Frau Maggie.«

Victorias Erstarrung löst sich. Sie lächelt, obwohl sie nicht sicher ist, Gespenstern aus der Vergangenheit begegnen zu wollen.

»Mein Gott, Franz, du hast dich verändert, kein Wunder, dass ich dich nicht erkannt habe.« Das hat er in der Tat, denn aus dem immer ein wenig schmierigen Gigolo ist ein ziemlich attraktiver Mann geworden.

Sie stellen einander ihre Partner vor, Frank spricht Englisch mit Wiener Akzent, und seine Maggie ist eine jener konservierten Alterslosen, die Miami wie Klone bevölkern. Victoria schätzt sie auf 60 plus. Sie ist sehr blond und exaltiert liebenswürdig, doch ist sich Victoria ihrer abschätzenden Blicke bewusst.

Mark wirkt befremdet, fast eifersüchtig, und das könnte, denkt Victoria, auch von Vorteil für ihre Pläne sein. Sie setzen sich an Franks Tisch und bestellen Wein und Wasser, nach Sonnenuntergang ist Alkohol erlaubt, Mark trinkt nie tagsüber, und auch abends nur mäßig, weil er seine Joints bevorzugt, keine Kalorien.

Franz hat sich stark verändert, denkt Victoria, während die Männer über Golf reden, natürlich. Seine schwarzen Haare fallen nicht über den Hemdkragen, sondern sind streichholzkurz geschnitten. Er ist braungebrannt und elegant und teuer gekleidet, und selbst sein schiefes Lächeln ist einem arroganten Zucken der Mundwinkel gewichen. Runderneuerte Zähne, strahlend weiß. Er ist angekommen in seinem Kaffeehaus, und es heißt Maggie und hat vermutlich sehr viel Geld. Er muss nur einen Menschen bedienen, nicht viele, das kann angenehmer sein, muss aber nicht, denkt Victoria. Freiheit war eines seiner großen Worte. Hat er sich seinen Traum nun erfüllt oder ist er nur den bequemen Weg des leichten Geldes gegangen?

»Bist du jetzt frei?«, fragt sie auf Deutsch, und zum ersten Mal erkennt sie das Wiener Lächeln wieder.

»Noch nicht«, sagt Franz alias Franky, und sie ahnt, was er meint, weil sie verwandte Seelen sind. Doch er kennt mich nicht wirklich, denkt Victoria, und dann folgt sie seinem Blick zu Mark, und sie sehen sich an und wissen um das Böse, das Gute, das Leben und den Tod, das Geld und die Freiheit, und obwohl es immer noch heiß ist auf dem Golfplatz am Rand von Miami, fröstelt Victoria.

»Ist dir kalt, Honey, soll ich dir eine Jacke holen?« Mark sieht besorgt aus. Er glaubt, einen Nebenbuhler zu haben, eine alte Liebe aus Europa, die sehr viel jünger ist als er. Ein Gigolo, der sich eine reiche Alte gekrallt hat. Frauen stehen auf Gigolos, auch Victoria?

Honey ist nicht kalt, sie streichelt beruhigend Marks Arm und sieht ihn so liebevoll an, dass er sie vor Dankbarkeit küssen möchte. Maggie, die viele funkelnde Ringe trägt, hat ihre Hand auf Frankys Oberschenkel gelegt, besitzergreifend. Sie erzählt, dass sie vor einem Jahr geheiratet haben, in Vegas, nachdem sie Franky aus Wien weggelockt habe. Eine bezaubernde Stadt, aber meistens zu kalt, und Maggie braucht die Wärme, weil sie Sonnenschutzmittel herstellt, eine Firma, die marktführend in den USA ist. Sie hat Franz in Wien kennengelernt, auf dem Zentralfriedhof, ausgerechnet, und seither sind sie ein Paar, und er hat ihr zuliebe mit dem Golfspielen begonnen und wird am Ende dieses Sommers in ihr Geschäft einsteigen. »Er lernt schnell und ist eine treue Seele«, sagt Maggie mit Blick auf Victoria. Eine Warnung liegt darin: Lass die Hände von ihm, sonst wirst du mich kennenlernen.

Warum sollte sie? Victoria hat es stets so gehalten, Männer wie Einwegflaschen zu behandeln. Vergangenheit ist gefährlich, und sie hat die Orte ihres Handelns stets ohne Spuren verlassen. Möglich, dass sie einmal in Franz verliebt war, aber das ist lange her, und auch sein neues, attraktives Äußeres wird sie nicht von ihren Plänen abbringen. Er trägt einen Siegelring, wie protzig, und seine gebräunte Hand liegt auf Maggies Krallen, rot lackiert, doch Hände lassen sich nicht liften, Verräter sind sie, und

Victoria schwört sich ewige Abstinenz von Schönheits-chirurgen, mit Ausnahme von Mark natürlich, der jetzt zum Aufbruch drängt. Er hat genug von Maggie und Franky und will Victoria für sich alleine, um ihr nach Bad und Sex und Bad den Antrag zu machen, den Rest seines Lebens mit ihm zu teilen.

Das tut er und präsentiert einen Ring, den Victoria ein wenig enttäuschend findet. Kein lupenreiner Diamant, wenn auch groß und auffallend, mit Steinen kennt sie sich aus. Doch sie heuchelt Entzücken und Überraschung und sagt Ja, was sonst, und nach kalorienarmem Essen und viel Champagner landen sie wieder im Bett. Sie würde gerne schlafen, einfach nur schlafen, aber Mark ist berauscht von seinen Hochzeitsplänen, Viagra nicht ausgeschlossen, und sie fügt sich seinen Wünschen, schläfrig, ein wenig be-trunken und am Ziel, zumindest der ersten Etappe. »Mit dir werde ich ewig leben«, sagt Mark, bevor er einschläft. Sie lächelt nur, die Frau mit den roten Haaren und den schwarzen Gedanken. Er hat einen Arzneischrank mit al-lem, was das Herz begehrt, so leicht, ein paar Pillen zu ver-tauschen. Sex mit Mark ist auf die Dauer einfach zu an-strengend, und jetzt kann sie nicht mehr schlafen, steht leise auf und geht an den Pool, um ein paar Runden zu drehen.

Die Nacht ist warm, der Champagner gärt in ihrem Bauch, und sie denkt an Wien, während sie schwimmt, an die Nächte mit Franz, der als Liebhaber sehr begabt war, der einzige, bei dem sie nicht heucheln musste, an geeig-neter Stelle stöhnen oder schreien, je nach Belieben. Die meisten Männer wünschen sich hemmungslose Leiden-schaft, die Hure im Bett, und Frauen geben ihnen, was sie wollen und denken sich ihren Teil. Franz war anders, aber andererseits war er selbst eine Hure. Im Dunkeln betrach-tet war er das Beste, was sie je hatte, zumindest horizontal. Aber hüte dich vor denen, die dir zu ähnlich sind. Was er wohl mit Maggie vorhat? Sie bis ans Ende ihrer Tage zu verwöhnen? Schwer zu glauben nach seinem Satz im Golfclub. Also will er sie bei passender Gelegenheit entsorgen. Wie böse von ihm, und das wiederum findet sie anziehend. Victoria und Mark heiraten im kleinen Kreis in einer kitschigen Kapelle am Strand, eine schlichte Zeremonie, der Marks Kinder ferngeblieben sind, nachdem sie vorher heftig und vergeblich gegen diese Ehe protestiert hatten. Es war Marks Idee gewesen, Franky und Maggie einzuladen, als Ehemann fühlt er sich sicherer, und auch Maggies Blicke sind freundlicher, obwohl sie prinzipiell jede Frau hasst, die jünger ist als sie. Franky gratuliert mit wohlgesetzten Worten, flirtet dezent mit allen anwesenden Frauen und flüstert Victoria zum Abschied eine Telefonnummer ins Ohr. Er weiß um ihr Zahlengedächtnis, in Wien hat sie damit vor ihm geprahlt, doch er sieht nicht, dass Mark sie beobachtet. Victorias frischer Bräutigam stützt Maggie, die ein wenig schwankt, und Franky übernimmt sie und geleitet sie zum Wagen. Fürsorglich, liebevoll, der perfekte Mann in allen Lebenslagen, und Victoria fühlt so etwas wie Neid, was ihr absolut lächerlich erscheint.

»Habt ihr beiden Geheimnisse?« Marks Stimme klingt leicht, doch sein geliftetes Gesicht ist ein wenig verzerrt.

»Nein, mein Lieber. Er hat mir alles Glück gewünscht, und unsere Affäre ist so lange her, dass sie gar nicht mehr wahr ist. Ich liebe nur dich, das weißt du doch.« Sie weiß nicht, was das ist – Liebe, doch die Worte kommen leicht über ihre Lippen, und sie zeigen die gewünschte Wirkung.

Mark fühlt sich als glücklicher Mann, weil das Leben ihm noch eine Chance gegeben hat, die letzte, so denkt er, und auch, dass seine Frau ihn pflegen wird, wenn es einmal so weit kommen sollte. Seinen Kindern, den geldgierigen Monstern, hat er nie getraut. Sie werden ihren Pflichtanteil bekommen, und der Rest geht an Victoria. Sie hat den Ehevertrag unterschrieben, ohne zu zögern. Er besagt, dass sie im Falle einer Scheidung oder Trennung oder Ehebruchs keinen Cent bekommt. Sie lächelte, als sie ihn las, und er ist sicher, dass sie eine gute Frau ist. Gut 30 Jahre jünger, aber diese Distanz lässt sich mit Geld überwinden. Eine alte Frau wie Maggie würde er niemals ertragen können. Das Gefühl für Ästhetik verliert sich nicht im Alter, ganz im Gegenteil, es wird stärker, fast zu einer Manie, was der Grund sein mag, warum er so viel Geld verdiente in seinem Berufsleben. Er hat lange gearbeitet, doch seit ein paar Jahren sind seine Hände nicht mehr ruhig genug für Schönheitsoperationen. Sie zittern ein wenig, zum Beispiel, wenn sie über Victorias Kurven streichen. Anfangs fand er sie zu fett, doch inzwischen mag er diese Weiblichkeit. Die roten Haare, die sie zur Hochzeit hochgesteckt hat. Das goldene Kleid mit dem tiefen Ausschnitt, der ihre Brüste zur Geltung bringt. Sie ist anders, denkt Mark, und dass er verdammt wenig über sie weiß. Vielleicht ist es das, was ihn anzieht: Victorias Geheimnisse, und er ist überzeugt davon, dass Franky einige davon kennt.

SECHS

Ehe ist der sichere Hafen, der Marks schlechtere Eigenschaften nach und nach an Land spült. Er ist besitzergreifender geworden und mischt sich in alles ein, sogar in die Art, wie sie sich schminkt oder kleidet. »Findest du das nicht zu jugendlich?« ist einer seiner Standardsätze, er neigt zu Wiederholungen und langweilt seine Frau mit Geschichten aus seinem bewegten Leben, wenn es auch nur das Skalpell und der Golfschläger waren, die herausragende Rollen spielten.

Victoria kennt inzwischen alle Feinheiten der plasti-
schen Chirurgie, die Mark mit Details seiner Gebrechlich-
keiten anreichert. Das Kreuz, die Golfhand, der Magen,
Kopfschmerzen oder Ohrensausen, es vergeht kein Tag, an
dem er sich nicht über seinen heiligen Körper beschwert,
dessen Verfall ihn über alle Maßen empört. Victoria stellt
inzwischen ihre Wahl in Frage, sie hätte doch den anderen
nehmen sollen, den Schwerenöter und Lebenskünstler,
doch nun ist es zu spät, und sie kann nur warten, bis der
magische Moment kommt, in dem sie handeln kann. Sie
wartet darauf, während sie seine Launen erduldet und ihre
Ohren verschließt, wenn er auf sie einredet. Dass sie seine Viagra-Pillen gegen Placebos vertauscht hat, ist eine
wunderbare Rache, und nur selten bringen ihn seine Joints
so weit, sie im Bett zu überfallen. Mark schiebt es auf seine Krankheiten, die echten und eingebildeten, und der
Herzinfarkt eines Freundes während des Geschlechtsver-
kehrs gibt ihm zu denken, ob Sex prinzipiell gesund ist im
höheren Alter. Sie nennt ihn einen Hypochonder und
lächelt süß dabei. Ihre heitere Gelassenheit reizt ihn zu
ewigem Widerspruch, und Victoria antwortet allenfalls mit
sanfter Ironie. Das Seltsamste allerdings ist, dass Mark
sich mit Maggie angefreundet hat.

Victoria hat Franky nicht angerufen, obwohl seine Num-
mer in ihrem Gedächtnis gespeichert ist. Es ist Mark, der
das Paar ständig einlädt und die Bekanntschaft vertieft.
Man trifft sich auf dem Golfplatz, in Restaurants, in den
Häusern, die nicht allzu weit voneinander entfernt in
Miamis bewachtem Villenviertel liegen.

Maggie liebt Marks Geschichten von seinen Schönheits-
OPs und lauscht ihm mit verzücktem Gesicht, während
Franky und Victoria sich langweilen. Nicht ganz, denn sie
haben eine Art Geheimsprache entwickelt, Gesten, den
Austausch von Blicken, amüsiertes Lächeln, und manch-

mal berühren sich ihre Hände oder die Füße, und es ist nur ein Spiel, mit dem sie die Zeit vertreiben, obwohl Victoria es prinzipiell falsch findet, weil sie Franky misstraut und nicht weiß, wie er dieses Spiel definiert.

»Musst du die beiden ständig um dich haben?«

Mark sieht seine Frau an, die nackt aus dem Badezimmer kommt. Nichts bewegt sich, er fühlt sich schlapp und ausgelaugt, trotz des Joints, den er vor dem Zubettgehen geraucht hat. »Sie sind amüsant, und Maggie ist eine wunderbare Zuhörerin. Außerdem findest du die Gegenwart von jüngeren Männern doch sicher anregend.«

Selbst wenn es so wäre, würde das am Ergebnis nichts ändern. Victoria streicht sanft über seinen faltigen Waschbrettbauch, Mark trainiert jeden Morgen im Fitnessraum. »Franky ist nett, mehr aber auch nicht. Was gefällt dir so an Maggie? Fast könnte ich eifersüchtig werden.«

Fast wäre er geschmeichelt, doch Besitz, jeder Besitz, langweilt mit der Zeit. Wie eifersüchtig er ihre Falten zählt, die sie ihm näher bringen, und wie er sie um ihre relative Jugend beneidet, diese Robustheit, die noch allem trotzt, was vergänglich sein könnte. Victorias Geheimnisse? Einer der Gründe, warum er sich mit Franky und Maggie anfreundete, war der, mehr über seine Frau zu erfahren. Doch Franky, dieser aalglatte Dandy, ist besonders geschickt im Ausweichen. Er serviert ihm kleine, belanglose Häppchen von Victoria in ihrer Wiener Zeit. Sie hat an der Schauspielschule studiert und nebenbei geputzt, um über die Runden zu kommen. Sie hatte eine Affäre mit Franky alias Franz, der ein Literatencafé sein eigen nannte. Nun, all das wusste Mark schon aus Victorias spärlichen Erzählungen über ihre Vergangenheit. Eine Vollwaise, ihre Eltern sind bei einem Autounfall ums Leben gekommen. Keine Geschwister, keine Verwandten, sie ist die perfekte Einzelgängerin, heimatlos, gefühllos vielleicht, denn inzwischen findet er ihre Schmeicheleien doch sehr oberflächlich. Wie schnell Liebe welken kann, schneller noch als sein Körper. »Maggie ist eine kluge, erfolgreiche Frau, und sie nimmt sich, was sie will. Das schätze ich an ihr.«

»Und natürlich, dass sie dich bewundert. Doch das tue ich auch.«

Mark fragt sich inzwischen, ob ihre leichten Sätze, die niemals verletzen, nicht wie Fast Food sind. Leicht konsumierbar und schwer verdaulich. Victoria hat ein Pokerface, so viel steht fest, und sie ist verdammt gut in dem Spiel, obwohl er inzwischen bereut, sie in seine Pokerrunde eingeführt zu haben. Er hasst es, gegen sie zu verlieren, auch wenn sie noch so freundlich dabei lächelt. Maggie hingegen ist in all ihrer Härte eine ehrliche Haut. Selfmade-Frau, Republikanerin, Patriotin. So vermögend, dass er sich im Vergleich wie ein armer Schlucker fühlt. Natürlich findet er ihr Alter abstoßend, doch andererseits fühlt er sich ihr gegenüber nicht unterlegen. Im Gegenteil teilen sie den Kampf gegen den Verfall, die Zeichen des Alters, die Krankheiten, die damit einhergehen – und nicht zuletzt die Todesfurcht. All das kann er Victoria nicht vermitteln, sie würde nur lächeln und einen hübschen Satz sagen, der ein bisschen verlogen ist. Sie nur einmal aus der Reserve zu locken, reizt ihn ungemein, doch es ist schwer, weil sie sich nicht gehen lässt. Keine Joints und Alkohol in Maßen. Wenn sie doch in Franky verliebt ist, weiß sie es geschickt zu verbergen.

»Fuck you, Victoria.«

Das sagt er jetzt öfter, tut es aber nur noch selten. Gott sei Dank. Sie zieht sich auf ihre Bettseite zurück und blättert in ihrem Buch, während Mark sich durch das Fernsehprogramm zappt. Er schafft es nie, eine Sendung ganz zu sehen, aus Angst, auf einem anderen Kanal etwas zu versäumen. Victoria findet Fernsehen im Schlafzimmer abstoßend, doch die Geräte sind in jedem Raum des Hauses, sogar im Bad. Sein kahler Schädel ruht auf einem fetten Daunenkissen, und er hat die Augen halb geschlossen, während er von einem Sender zum nächsten springt. Es wäre leicht, ihm jetzt ein Kissen aufs Gesicht zu drücken, so fest und so lange, bis er nicht mehr atmet. Das Verlangen ist groß, es jetzt zu tun, doch sie widersteht ihm. Es ist nicht der richtige Zeitpunkt, sie fühlt es, und bisher hat sie diesem Instinkt immer vertraut.

Der Instinkt zu töten, in der Hölle wird sie schmoren, doch was ist das schon gegen ein Leben mit Mark, Bill, Walter, Konrad oder Anton? Sie hat von ihnen gelernt, das ist wahr, aber doch nur dies: mit Männern besser umzugehen. Ihre Launen zu ertragen, ihre Eitelkeiten, ihre Ängste. Und hat sie nicht jedem von ihnen ein wenig Glück beschert, was gegen das ein wenig verkürzte Leben aufzurechnen wäre? So würde sie sich verteidigen, wenn es einen Richter gäbe. Doch sie hat nie daran gedacht, erwischt zu werden. Sie ist unsichtbar, ein Geist, der von einem Ort zum anderen schwirrt, der Geist der vielen, falschen Leben oder einfach eine Schauspielerin mit zweifelhaftem Engagement.

»Was finden die beiden Alten aneinander, kannst du mir das sagen?« Mark und Maggie sind bei einem Football-Spiel, und sie sitzt mit Franky nach einer Golfrunde im Clubhaus. Er spielt grauenhaft schlecht, sieht aber gut dabei aus. Victoria trinkt Gintonic, was sie in Marks Gegenwart um diese Zeit nicht täte. Sie fühlt sich beinahe frei und fast fröhlich. »Beunruhigt dich das? Ist doch nett, wenn sie sich gut verstehen. Und ich hasse Football genauso wie du.«

Frankys Blick hinter der verspiegelten Sonnenbrille ist unergründlich. »Er ist ein wenig zu alt für dich, findest du nicht?«

»Ich mag alte Männer. Sie sind dankbarer.«

»Und reicher.«

Victorias Lachen erinnert ihn an die Wiener Zeit. »Ach komm, Franz, du hast Maggie doch nicht wegen ihrer inneren Schönheit umworben. Was hast du vor? Den Rest deines Lebens auf Golfplätzen und in Maggies Bett zu verbringen?«

Er antwortet nicht, sondern umfasst ihr Handgelenk, ziemlich fest. »Willst du im Ernst eine Antwort darauf? Was hast du so gemacht, bis du Mark getroffen hast?«

»Nichts«, sagt Victoria und glaubt es beinahe. »Lass meinen Arm los. Wenn wir beide Goldgräber sind, sollten wir unsere Claims abstecken und dem anderen nicht weh tun.« Franky lässt sie los und zeigt sein perfektes Gebiss. »Ich will dir nicht schaden, meine alte Liebe, ganz im Gegenteil. Vielleicht könnten wir unsere Energien bündeln – zum beiderseitigen Vorteil.«

Sein schmieriges Lächeln, da ist es wieder, und ihr Instinkt sagt ihr, dass sie einen Fehler macht, sich mit ihm einzulassen – wie auch immer. Doch andererseits ist er der einzige Mensch auf diesem Planeten, der ihr irgendwie nahe steht. Ein Seelenverwandter. Ein Mistkerl. »Sag mir, was du damit meinst, obwohl ich es eigentlich gar nicht hören will.«

»Also erstens würde ich gern mit dir schlafen. Wenn dir das zu unzüchtig ist, könnten wir uns darauf einigen, unsere Lieben umzubringen, und zwar so perfekt wie in diesem Film, du weißt schon, die beiden Männer, die sich im Zug treffen und verabreden, die Mutter und Ehefrau des jeweils anderen zu töten. Ich finde das genial.«

Sie bestellt einen weiteren Gintonic und wartet mit ihrer Antwort, bis der Kellner verschwunden ist. »Auch wenn wir deutsch sprechen, solltest du besser flüstern. Was du sagst, ist ungeheuerlich. Ich liebe Mark. Und die beiden in dem Film kannten sich nicht, das war ja der Witz an der Geschichte.«

Fehler, Fehler, Fehler. Sie sollte aufstehen und gehen und nie wieder mit Franky sprechen. Immer, wenn sie sich mit Männern jenseits ihrer Profession eingelassen hat, ist es schiefgegangen. Jetzt lacht er auch noch, als habe sie einen Witz gemacht. Unmoralischer Bastard. Sie bekommt ihr Getränk und leert das halbe Glas. Es ist schwierig, sich aus dem bequemen Sessel zu lösen und aus dem Schatten in die pralle Sonne zu wechseln. Sie spürt den Alkohol. Das fremde Gefühl von Furcht. Er weiß nichts von ihr, kann nichts wissen. Das Einzige, das er kennt, ist ihre Wiener Geschichte. Die Vergewaltigung durch diesen schrecklichen alten Mann, der sie beim Stehlen ertappte. Sie hat sich kaum gewehrt, weil sie sich schuldig fühlte. Hinterher konnte sie tagelang nichts essen, weil sie alles erbrach, und es war Franz, dem sie beichtete, und der sie tröstete. Er war gut damals, zumindest zu ihr.

Doch er könnte, denkt Victoria, ein unangenehmer Zeuge sein. Er war nie verliebt in sie, weil Franz einer ist, der nur sich selbst liebt. Er ist wie sie. Das ist das Gefährliche. Obwohl er noch nie jemanden getötet hat. Aber weiß sie das? Vielleicht ist Maggie nicht die erste, zutrauen würde sie es ihm. Er lacht wie eine freundliche Hyäne. Er ist ein anziehender Mann und gleichzeitig abstoßend. Sie gibt ihrem Körper den Befehl aufzustehen, doch er gehorcht ihr nicht.

»Ach, Victoria, bleib doch noch ein bisschen, unsere Leute kommen erst in einer knappen Stunde zurück. Ich nehme an, Mark hat dich auch einen Ehevertrag unterschreiben lassen. Die Reichen sind so gierig, findest du nicht?«

»Die Armen noch mehr.« Das war ein Flüstern, das Gefühl von Unterlegenheit ist widerwärtig. Sie hatte doch immer alles unter Kontrolle, und jetzt gleitet sie auf dünnem Eis und verliert die Richtung. Gefühle sind böse, sie verleiten dich zu falschen Entscheidungen. Reiß dich zusammen, Victoria. Mit leichter, belegter Stimme: »Deinen abgründigen Humor hab ich immer schon an dir gemocht, Franz. Aber nicht so sehr, dass ich unsere alte Geschichte wieder aufwärmen möchte.«

Sein Lächeln ist so sanft wie die Berührung seiner Hand. Er hat die Sonnenbrille abgelegt, doch in seinen Augen ist nichts zu lesen. Sie sind wie dunkle Kieselsteine, und Victoria hält seinem Blick stand, auch wenn es ihr schwerfällt. Der Rest ist Schweigen, das Klimpern der Eiswürfel in ihren Gläsern. Die trägen Tage in Miami sind vorbei, denn ab jetzt muss sie auf der Hut sein. Vor Franky, der noch gieriger sein mag als sie. Vielleicht will er alles – Victorias und Maggies und Marks Geld. Die Uhr, die er trägt, ist ein Vermögen wert, doch sie spürt, dass er mehr will, immer noch mehr als das, was er schon hat.

Freiheit? Die Freiheit, die das Geld dir gibt, ist auch das Gefängnis, das du dir schaffst. Victoria hat einen großen Teil ihrer Einkünfte in Aktien angelegt, und die Aktien fallen und fallen. Ihr Banker in Dublin rät ihr, Ruhe zu bewahren und die Krise auszusitzen. Leicht reden hat er, ist ja nicht sein Geld. Wenn sie alles verliert, bleibt ihr nur der Schmuck und das kleine Haus in der Connemara. Die Rückkehr zu den Schafen. Alle reden übers Geld, selbst im Golfclub. Sie starren auf die Aktienkurse, die über den Bildschirm flimmern, ihre Lebensadern, und die Zauberlehrlinge der Wallstreet zeigen ihr wahres Gesicht: Entsetzen, Unverständnis, Angst. Selbst Mark hat ein kleines Vermögen verloren, vielleicht ist er es gar nicht mehr wert, zu sterben. Der Gedanke hat etwas Verlockendes: Aufhören. Eine Nacht mit Franz, dann die Koffer packen und zum Flughafen.

»Wir sind noch nicht fertig miteinander«, sagt er, und es klingt wie eine Drohung, doch bevor sie antworten kann, kommen Maggie und Mark, erhitzt von dem Nachmittag im Football-Stadium, voll jugendlicher Begeisterung über einen Sport, den Europäer nie verstehen werden. Sie wären ein nettes, altes Paar, denkt Victoria, zumindest äußerlich. So vertraut gehen sie miteinander um, dass sie die Jüngeren fast ausgrenzen. Franky scheint es zu amüsieren, er beobachtet die beiden mit seinem schiefen Grinsen, auch wenn er sich neu erschaffen hat, das konnte er nicht ablegen.

»In diesen bösen Zeiten sollten wir alle Lebensversicherungen abschließen.« Maggie und Mark sagen das fast gleichzeitig, wortgleich, und sehen sich dann erschrocken an. Sie haben das diskutiert, denkt Victoria, und dass es keine gute Idee ist. Lebensversicherungen haben den Nachteil, dass einer herumschnüffelt, wenn es um viel Geld geht. Das kann sie nicht gebrauchen.

»Wir sind ja nicht mehr die Jüngsten, aber auch ihr zwei Hübschen sollter beizeiten daran denken.« Maggies Ton ist scharf, und Franky stimmt ihr zu, obwohl Victoria ihm unter dem Tisch einen Tritt gibt. Was soll sie mit einer Lebensversicherung? Es gibt niemanden, der sie beerben könnte außer ein paar Cousinen in Deutschland, die sie als Kind zuletzt gesehen hat. Mark? So wie die Dinge liegen, wird er vor ihr sterben. Und ein misstrauischer Versicherungsagent ist ihren Plänen hinderlich.

*

Drei gegen eine, Victoria gibt irgendwann auf, weil sie doch keine Chance hat. »Du bist so still«, sagt Mark auf dem Nachhauseweg. Er ist müde und fährt unkonzentriert, doch er würde sie nie ans Steuer lassen, weil das ein Eingeständnis von Schwäche wäre.

»Es geht mir gut.« Fast hätte er eine Frau mit Kinderwagen überfahren. Der Instinkt, auszusteigen, ist überwältigend. Sie hat sie alle mehr oder weniger gemocht, ihre Opfer, zumindest am Anfang, doch bei allen kam der Zeitpunkt, an dem sie sie zum Teufel wünschte. Bei Mark ist es jetzt so weit. Ihm ins Steuer zu greifen und gegen einen Baum zu fahren, ist allerdings eine Variante mit vielen Unsicherheiten. Sie wird ihm einen Möhrenkuchen backen, die einzige Mehlspeise, die er mag, weil er glaubt, dass sie gesund für ihn sei. Und in den Teig wird sie ein paar von den Viagra-Pillen mischen, die sie ihm gestohlen hat. Muss nicht tödlich sein, kann aber, denn in seinem Alter ist das Herz ein anfälliges Organ. Victoria glaubt an die Kunst der Improvisation, insofern hat ihr Handwerk etwas beiläufig Grausames, einen Hauch von einem Gottesurteil, und wenn sie Filme über Serienmörder sieht, fühlt sie sich nicht angesprochen. Ihr Herz ist rein, weißgewaschen von dem Glauben, dass sie eine Bestimmung zur Witwe hat und diese lediglich bisweilen ein wenig forciert. Walter glaubte, dass sie verrückt sei, aber am Ende war er es, der sich die Pistole an die Schläfe setzte.

Mark nimmt nur einen Bissen von dem Möhrenkuchen und behauptet, sie habe ihn verbrannt, jedenfalls schmecke er grässlich. Er geht früh zu Bett und zappt sich durchs Fernsehprogramm, während Victoria ihre einsamen Bahnen im Pool dreht. Schlafstörungen hatte sie schon als Kind, und in der Pubertät schlief sie in ihren Kleidern, weil sie dachte, dass sie dann schneller abreisen könnte, wenn es wieder einmal so weit war, dass Vater die Schule nicht mehr bezahlen konnte. Geld, es ging immer nur ums Geld in ihren Beziehungen. Franz war die Ausnahme, möglich, dass er sie deshalb immer noch reizt. Das Gefühl, dass es diesmal in einem Fiasko enden könnte, ertränkt sie in einer Flasche Bordeaux.

Die Aktien fallen weiter, der Finanzmarkt spielt verrückt,

und die zwei Paare unterschreiben Lebensversicherungen zum gegenseitigen Nutzen der Ehepartner. Victorias Hand zittert, als sie ihr Autogramm gibt, und Mark tätschelt ihre Schulter und sagt: »Gutes Kind.«

Sie hat sich bis zuletzt gewehrt gegen diese Entscheidung, doch die wahre Begründung für ihre Ablehnung nicht vortragen können. Sie fühlt sich nicht wohl in letzter Zeit, immer ein wenig benommen und von der Welt getrennt durch einen dünnen grauen Schleier. Was wohl dazu beigetragen hat, dass Mark ihren Widerstand gegen dieses Papier gebrochen hat. Victoria, die ihre robuste Gesundheit ein Leben lang für selbstverständlich hielt, spürt einen Hauch des Todes, ein Lüftchen. Pathetische Übertreibung, doch keiner der Ärzte, die sie aufsuchte, fand eine medizinische Ursache, so dass einige zu dem Urteil einer leichten Depression kamen und zur Couch rieten.

Mark ist sehr besorgt, und er hat ihre Arztrechnungen klaglos bezahlt, obwohl seine Aktien weiter fallen. Dass sie sich weigert, seinen Shrink aufzusuchen, findet er kindisch, doch in diesem Punkt bleibt sie hart. Was soll sie dem Psychiater erzählen? Pikante Details aus dem Leben einer professionellen Witwe? Sie ist nicht depressiv, ihr Leiden hat eine körperliche Ursache, davon ist sie überzeugt, doch die meiste Zeit fühlt sie sich wie in Watte getaucht, antriebslos, und es ist schwer, dagegen anzukämpfen. Dass Mark sie bei den letzten Golfrunden geschlagen hat, hebt seine Laune ungemein. Als ob er Kraft aus ihr saugt, fühlt er sich in letzter Zeit in Höchstform und hat aufgehört, über seine diversen Leiden zu klagen. Sie wünschte, er würde aufhören, sie »mein armes Kind« zu nennen. Selbst Maggie entfaltet eine mütterliche Fürsorge, die Victoria schrecklich findet. Nur Franky benimmt sich wie immer, und in seinen spöttischen Blicken glaubt sie, die Frage zu erkennen, ob sie die Schwäche nur vorgibt – und wenn ja, zu welchen Zweck?

Die Viererbande, so nennt Franky sie, ist nach wie vor unzertrennlich. Immer noch flirtet er mit ihr und flüstert ihr manchmal ins Ohr, dass er auf eine Antwort wartet. Victoria lächelt nur, wenn er das sagt. Watte, die Welt ist in Watte getaucht und sie funktioniert in ihr wie ein Computer, in den bestimmte Programme eingespeichert wurden. Manchmal gibt es Tage, da fühlt sie sich besser, fast wie früher, aber dann, wenn sie denkt, dass es vorbei ist, wacht sie morgens benommen auf und kann sich kaum aufraffen, aus dem Bett zu steigen. Furchtbare Träume: Männer verfolgen sie, Greise auf Krücken und in Rollstühlen, und sie kommen immer näher, und sie läuft auf eine Klippe zu und weiß, dass sie entweder springen muss oder sich ihren Angreifern stellen. Einer schwingt seine Krücke wie eine Waffe, er sieht Bill entfernt ähnlich und hat einen Fisch im Mund. Nicht schwierig, die Traumdeutung, doch Victoria weigert sich zu glauben, dass sie so etwas wie Reue entwickelt. Alles lief gut, bis sie sich an Mark heranmachte. Bis sie Franky traf und Maggie, die mit Mark so vertraut umgeht, als wären sie ein altes Ehepaar. Mark und Maggie? Der Gedanke ist absurd, Victoria weiß doch, das ihr Mann alte Frauen abstoßend findet, zumindest im Bett. Er hat Victoria seit Wochen nicht mehr angerührt, wofür sie dankbar ist, vermutlich mag er kranke Frauen nicht, schließlich ist er Arzt.

Maggie ruft morgens an, um zu sagen, dass Franky im Krankenhaus ist. Die Golfrunde fällt aus, dies scheint sie zu bedauern, doch ihre Stimme klingt stählern wie immer, als sie erzählt, was geschehen ist. Franky, der offenbar seine Hausschlüssel vergessen hatte, ist über die Mauer gestiegen und hat die Alarmanlage ausgelöst. Worauf Maggie ihren Revolver aus der Nachttischschublade holte und in der Dunkelheit ein paar Schüsse in Richtung Mauer abfeuerte. Einer davon traf Franky in die Schulter, und als sie auf ihn zulief und ihn erkannte, traf zeitgleich die Polizei ein, und er wurde mit der Rettung ins nächste Krankenhaus geschafft.

Er werde es überleben, sagt Maggie am Telefon, und dass sie Marks Anwalt benötige, weil ihrer auf den Bahamas sei. Anwälte würden immer zur falschen Zeit Urlaub machen, und Franky sei ein Idiot, sich wie ein Einbrecher zu verhalten. Sie habe gar keine andere Wahl gehabt, als sich und ihr Haus zu verteidigen. Auf die Polizei zu warten, sei ihr nicht in den Sinn gekommen, weil die erfahrungsgemäß immer zu lange brauche, um ein Unglück zu verhüten. Victoria weckt Mark, der erst seinen Anwalt und dann Maggie anruft. Er werde zu ihr fahren und ihr beistehen.

»Du bist so edel und hilfreich.« Victoria sieht zu, wie er in seine Jeans und Turnschuhe schlüpft. Er kleidet sich wie ein Teenager, zumindest ab Taille. »Sollten wir uns nicht auch um das Opfer kümmern und Franky im Krankenhaus besuchen?«

»Dazu sind Ärzte da, aber bitte, wenn du ihn besuchen willst, nimm dir ein Taxi, du solltest in deinem Zustand nicht mit dem Auto fahren.«

»Mir geht es gut heute. Was wollte er überhaupt nachts an der Mauer? Warum hat er nicht geklingelt?«

Mark sucht seinen Wagenschlüssel. Fuck, Fuck, Fuck – es ist sein Lieblingswort, und sie kann es nicht mehr hören.

»Frag ihn doch selbst, liebes Kind. Vermutlich wollte er heimlich ins Haus schleichen, weil er wieder von einer seiner Ficktouren kam. Maggie weiß es längst, und ich dachte, du wüsstest es auch.«

»Nein, mir sagt ja keiner was, und ich bin mit Franky nicht so intim wie du mit Maggie.« Das klang vorwurfsvoll, das wollte sie so nicht sagen.

Mark setzt sich eine Baseballmütze auf seinen kahlen Kopf. Er ist alt und hässlich und so lebendig, dass sie ihn schütteln könnte, obwohl sie sich im Augenblick zu schwach dafür fühlt. Er hat seine Schlüssel gefunden und ist auf dem Weg zur Tür.

»Er ist ein verdammter Schürzenjäger, und sie ist viel zu gut für ihn«, sind seine Abschiedsworte.

»Deshalb muss sie ihn nicht gleich erschießen«, ruft Victoria ihm nach, aber er hört es nicht mehr, weil er schon an der Haustür ist. Oder es fällt ihm keine Antwort ein.

Sie geht ins Badezimmer und spricht mit ihrem Spiegelbild. Das tun einsame Leute oft, mit sich selber reden, deshalb ist sie noch lange nicht verrückt. Maggie feuert auf Franky: Eine neue Variante im Beförderungsgewerbe, das muss sie sich merken, obwohl sie keine Waffe besitzt und noch nie geschossen hat. Die Frau wird ein paar Unannehmlichkeiten haben, mehr nicht. Es war Notwehr, so werden sie es sehen, und sie ist reich genug, um davonzukommen. Aber war es wirklich so, wie Maggie es schildert?

Victoria nimmt das Cabrio, das Mark ihr zur Hochzeit geschenkt hat, um ins Krankenhaus zu fahren. Franky liegt im Trakt der Privatpatienten, in einem hübschen Zimmer, das Maggie mit einem prächtigen Blumenstrauß schmücken ließ, sie weiß, was sich gehört. Der Patient ist an den Tropf angeschlossen und hat die Schulter verbunden. Er ist blass und hat eine Abschürfung an der Wange, doch das Grinsen ist ungebrochen. Er macht ein V-Zeichen, als sie am Bett steht und stöhnt kurz auf, weil die Schulter schmerzt. Sie beugt sich zu ihm und haucht einen Kuss auf die intakte Wange. »Du siehst furchtbar aus, Franz.«

»Ja, aber ich lebe noch. Welch Glück, dass meine Frau eine so lausige Schützin ist. Schön, dass du gekommen bist, Maggie kann den Geruch von Krankenhäusern nicht ertragen.«

Sie setzt sich auf die Bettkante. »Ich auch nicht, und ich

besuche dich auch nur einmal. Wie konntest du nur so etwas Idiotisches tun?«

Franz schließt die Augen und tastet nach ihrer Hand, die er festhält. »Sie ist so alt, weißt du, und ich brauche manchmal junges Fleisch, nachdem du dich mir verweigerst. Ich hatte einfach keine Lust auf eine nächtliche Konfrontation mit Maggie. Das Komische ist nur, dass ich überzeugt war, die Schlüssel eingesteckt zu haben, als ich wegging. Sie müssen mir aus der Jackentasche gefallen sein. Maggie regt sich furchtbar auf, weil sie jetzt das Schloss austauschen muss. Vermutlich wünscht sie sich, besser gezielt zu haben.«

Victoria entzieht ihm ihre Hand, weil eine Schwester ins Zimmer kommt. Ein Fast-Food-Opfer mit breitem Lächeln, schlechten Zähnen und einer Schwäche für Männer, die sie nicht bekommen kann. Franky flirtet kurz mit ihr, dann stampft sie aus dem Zimmer.

Victoria stellt die unvermeidliche Frage: »Wo ist die Liebe geblieben?«

»Auf der Ehe-Strecke, sie kann es nicht ertragen, dass ich sie mit Jüngeren betrüge. Was ist jetzt mit uns beiden? Sollen wir unsere Alten verlassen und nach Feuerland gehen? Oder Alaska? Oder die Fidschis?«

Frankys Augen sind wie Kieselsteine, umrahmt von dichten, geschwungenen Wimpern. Victoria senkt den Blick als Erste. »Das ist doch nicht dein Plan. Meiner übrigens auch nicht.«

»Ich weiß. Willst du mir deinen nicht verraten?« Augen, die kein Spiegel der Seele sind. Lange, schmale Finger mit nikotinverseuchten Nägeln. Die Narbe am Mittelfinger kennt sie aus der Wiener Zeit. Er hatte sich an einem zerbrochenen Schnapsglas verletzt und schrecklich geblutet. »Hast du Schmerzen?«

»Nicht mehr, sie haben mich gedopt. Aber als ich da lag

und verarztet wurde, hab ich über dich nachgedacht. Die Apathie der letzten Wochen, manchmal kamst du mir vor wie eine Schlafwandlerin. Du nimmst irgendwas, Valium oder so ein Zeug, um den Alten zu ertragen. Stimmt doch, oder?«

»Nein«, sagt Victoria, doch sie glaubt ihm ausnahmsweise jedes Wort. Es muss Mark sein, der sie mit irgendwelchen Psychopillen füttert. Wann hat es angefangen? Als er und Maggie begannen, von der Lebensversicherung zu sprechen – das ist ein Witz –, sie will doch Mark umbringen und nicht umgekehrt. Der Gedanke ist so empörend, dass sie ihre Gesichtszüge nicht mehr unter Kontrolle hat. »Was ist, hast du ein Gespenst gesehen?«

»Zwei Gespenster. Dir ist schon klar, dass Mark und Maggie ein ganz besonderes Paar sind.«

Franky lacht, versucht es zumindest. »Der amerikanische Traum von ewiger Jugend und mehr Geld, als du verdauen kannst.«

»Du verstehst nicht. Ich glaube, die beiden haben einen Plan.«

Doch, er versteht. Franz, der sich nie so ganz wie Franky fühlte, beginnt, seine Welt mit anderen Augen zu sehen. Mit denen eines Opfers. Er hatte nie die Absicht, Maggie umzubringen, er wollte sie nur im großen Stil bestehlen. Was sich als schwierig erwies, weil sie nicht das alte, blonde Püppchen war, als dass sie sich ihm anfangs präsentiert hatte. Frauen, die auf Männerjagd sind, bieten oscarreife Schauspielkunst. »Scheiße«, sagt Franky, »ich könnte das Weib umbringen.«

»Wenn sie dir nicht zuvorkommt.« Victoria reicht ihm die Schnabeltasse. »Vom Beischlafdieb zum Mörder ist es ein großer Schritt, und ich glaube nicht, dass du das Zeug dazu hast. Du spielst immer nur, Franz, aber das hier ist aus dem Ruder gelaufen.«

»Was sollen wir tun? Zur Polizei gehen?« Das findet er schon wieder so komisch, dass er lachen muss, auch wenn es schmerzt. Irgendwie hat er den Ernst des Lebens nie ganz begriffen. Victoria ist anders, das ahnt er nur, doch ist er dankbar, dass sie da ist.

Victoria ist aufgestanden und steht am Fenster. Durch den Park schlurfen ein paar Gestalten in Trainingsanzügen. Miami ist eine seltsame Stadt, in der sie nicht lange leben wollte – geschweige denn sterben. »Es ist doch ganz einfach. Entweder wir verschwinden, was dir zurzeit schwerfallen sollte. Oder wir kommen ihnen zuvor.«

»Du lässt mich doch nicht im Stich, oder?«

Sie mag Kinder, doch eigene kamen bei ihrem Lebenswandel nicht in Betracht. Franz liegt im Bett und sieht sie an wie ein kleiner Junge, der eine Mutter braucht, die ihn beschützt. Mord erfordert Wahnsinn oder Mut, und beides hat er nicht. Er sieht nur gut aus, sogar jetzt, und hat einen liebenswerten, schlampigen Charakter. Er ist der einzige Mann, der ein wenig von ihr kennt und sie trotzdem mag. »Nein, tue ich nicht. Wir können sowieso nichts unternehmen, bis du wieder auf den Beinen bist. Im Krankenhaus bist du vor ihr sicher, schätze ich, aber ich würde trotzdem nichts von dem essen oder trinken, was sie dir mitbringt. Und ich werde mich vor Marks kleinen Pillen in Acht nehmen – und überlegen, was zu tun ist.«

In seinem Blick liegt Dankbarkeit – und ein wenig Liebe. »Alte Leute sollten nicht so böse sein«, sagt Franz, und jetzt ist es Victoria, die lacht, ein bisschen rau, und es endet in einem Hustenanfall, der ihr den Atem nimmt.

»Pass auf dich auf, Victoria.«

Sie haucht ihm einen Kuss auf die Stirn. »Tue ich doch – und du auch. Ich komme morgen wieder und bringe dir Trauben mit. Die hast du doch immer so gern gegessen.«

Sie hat ein fabelhaftes Gedächtnis, denkt er, als sie die

Tür leise hinter sich schließt und nur den Duft ihres Parfums zurücklässt. Natürlich weiß er, dass er zu Gefühlen wie Liebe oder Freundschaft gar nicht fähig ist, doch könnte er sich vorstellen, dass Victoria die einzige Frau ist, die er nicht bestehlen würde. Dazu ist sie viel zu gefährlich.

SIEBEN

Maggies Yacht trägt ihren Namen und liegt im Hafen von Miami, wenn sie nicht auf offenem Meer ist. Zur Abschiedsfahrt, wie die Besitzerin es nennt, und sie meint damit den Verkauf ihres Schiffes, wozu finanzielle Verluste sie nötigen. Die Firma will sie behalten, schließlich wird es immer einen Bedarf an Sonnenschutzmitteln geben. Doch die Yacht ist überflüssig und viel zu teuer, auch wenn sie sie geliebt hat wie alle anderen Insignien des Reichtums.

Maggie fühlt sich arm, doch durchaus kämpferisch, und sie hat Franky verziehen, dass sie ihn wie einen Einbrecher behandeln musste. An Bord kann er sich von seinem Unfall erholen, und er kann nachts nicht aussteigen, darauf legt sie Wert, so wie darauf, dass der Champagner immer eisgekühlt ist und das Essen so kalorienarm wie möglich. Mit an Bord sind Mark und Victoria, die sich von ihren Schwächeanfällen erholt hat. Sie meidet die Sonne, so gut es geht, doch ihre blasse Haut ist dank Maggies magischer Sonnencremes leicht gebräunt. Frank gleicht einem Insulaner, sie schippern vor einer der Fidschi-Inseln, ermattet vom ewigen Blau des Meeres und der gleißenden Sonne. Es gibt nichts zu tun – außer einander zu belauern. Mark schnorchelt im Meer, und Frank schont seinen Körper auf dem Sonnendeck. Maggie verbringt viel Zeit vor dem Laptop, manchmal schwimmt sie, doch nur dort, wo es seicht ist, und wenn die Yacht vor Anker liegt.

Victoria wartet auf eine Eingebung, irgendeine. Was immer sie an Methoden erwägt, scheitert an dem Zweifel, mit einem Doppelmord durchzukommen. Zu viele Zeugen: der kubanische Kapitän, ein philippinischer Steward und eine vietnamesische Köchin – das macht die Sache nicht einfacher. Victoria geht der Köchin zur Hand unter dem Vorwand, sich nützlich zu machen. Sie überwacht die Zubereitung der Speisen, schenkt sich immer selbst ein und achtet auf ihre und Frankys Gläser. Die Unbefangenheit, mit der Maggie und Mark diesen Urlaub genießen, findet sie verblüffend. Meist reden die beiden über Geld, abends wird gepokert, und dann legt sie sich neben den alten Mann, der ihre Lebensversicherung kassieren will. Aus der Nebenkabine kann sie zuhören, wie Franky seine Frau beglückt, das ist widerlich und schürt ein Gefühl von Neid, das auch Eifersucht sein könnte. Frank und sie vermeiden jeden Körperkontakt, was den erotischen Fantasien eher Nahrung gibt, und über allem liegt eine Spannung, die der Trägheit aller Tage und Nächte einen besonderen Reiz verleiht.

Mordgedanken und Todesfurcht wechseln einander ab wie Ebbe und Flut. Sie sind auf einer unbewohnten Insel vor Anker gegangen und haben mit dem Beiboot einen Picknickkorb an Land gebracht. Victoria findet die Vorstellung, Sand und Nahrung in Einklang zu bringen, schrecklich, doch Maggie liebt die Romantik dieses Vorgangs, und sie setzt ihren Willen immer durch, auf dieser Reise befinden sich alle in ihrem Herrschaftsgebiet. Die Speisen sind gecheckt, der Champagner ist gekühlt, und Victoria hat bei Durchsuchung des Picknickkorbs die Waffe gefunden, eine kleine Pistole, die in einer Stoffserviette versteckt ist.

»Willst du uns alle erschießen?« Victoria sagt es scherzend, zumindest bemüht sie sich darum, und Maggie lacht herzlich und gesteht, ohne Waffe nirgendwohin zu gehen. Schließlich gelte es, überall und jederzeit verteidigungsbereit zu sein. Sie verteilt Sushi auf die Teller, während Mark die Flasche öffnet, und Franky seine Haut mit Sonnenöl eincremt. Sein Körper ist dunkelbraun und sehr appetitlich, und Victoria sieht an Marks Blicken, wie sehr er dieses Bild hasst. Maggie trägt auch in größter Hitze Seidenkaftans, die verhüllen und ihren Körper keinem Vergleich aussetzen.

Die Sonne formt sich zu einem roten Ball und macht sich bereit, im Meer zu versinken. Ein leiser Wind kommt auf und bringt die Palmen zum Singen. Franky hatte vorgeschlagen, Mark und Maggie auf offener See über Bord zu werfen, doch Victoria gab zu bedenken, dass man dann auch das Personal beseitigen müsse, und einem Massenmord fühle sie sich nicht gewachsen. Seine Vorschläge sind allesamt kindisch und unbrauchbar, und seine nächtlichen Übungen in der Nachbarkabine findet sie geschmacklos. Von ihm ist wenig Hilfe zu erwarten, und Victoria kämpft nicht mehr allzu sehr gegen den Gedanken, am Ende dieser Reise die Koffer zu packen. Soll er doch bei Maggie bleiben und darauf warten, dass diese ihn eines Tages umbringt.

Victoria sieht als Erste das Schnellboot, das sich dem Strand nähert. Sie denkt, dass sie nicht die einzigen Touristen sind, die diese Idylle aufsuchen, und dass die Fremden geradezu willkommen sind für den Fall, dass Maggie mit ihrer Pistole doch Böses im Sinn hat. Das Boot legt an, Mark stößt einen Laut des Unmuts aus, und Maggie setzt ihre überdimensionale Sonnenbrille auf, um besser zu sehen. Wie Touristen sehen sie nicht aus, und sie tragen Waffen. Drei Männer, sie kommen auf die Picknickgruppe zu, und Maggie sagt noch: »Piraten, wie romantisch«, während sie nach ihrer Waffe greift, was Victoria für einen großen Fehler hält, denn als die Männer nah genug sind und Maggie ihre Pistole in der Hand hält, wird sie, noch bevor sie abdrücken kann, erschossen. Ganz leise geschieht das, der Pirat oder Kubaner oder Mexikaner oder was immer er ist, hat einen Schalldämpfer benutzt, weil er geräuschempfindlich ist. Mark schreit auf und beugt sich über Maggie, die aus einem kleinen Loch auf der Stirn blutet, und er wird von hinten erschossen, so dass er über die Tote fällt und sie beide, fast umschlungen, im Sand liegen. Sie bluten.

Todesfurcht ist ein sehr kaltes Gefühl. Victoria denkt »ich hasse Picknicks« und blickt in den Lauf einer Pistole. Sie dreht langsam ihren Kopf zu Franz, der aufgestanden ist. Er sieht nicht ängstlich aus, gar nicht.

»Was machen wir mit ihr?«, sagt der Mann mit der Waffe. Er sieht Franz fragend an.

Franz hat seine verspiegelte Sonnenbrille aufgesetzt. Sein Körper glänzt ölig. Die Sonne versinkt als roter Ball im Meer. Und Victoria begreift endlich, dass Franky, Franz, das verkommene Wiener Gewächs, sehr wohl einen Plan hatte. Sie hat ihn unterschätzt, das war mörderisch leichtsinnig. Sie ist in einer Situation, die sie nicht unter Kontrolle hat, und das macht ihr Angst. In diesem Teil der Welt ist Leben nicht sehr viel wert. Tief einatmen, ruhig bleiben und mit kühler Stimme sprechen. »Das war ein brillanter Coup. Zwei Fliegen mit einer Klappe.«

»Drei Fliegen, Schätzchen. Ich bin in dem Alter, in dem man keine Risiken mehr eingeht. Sie werden dich erschießen und mir dann die Kugel geben, aber nicht tödlich, und ich werde mich mit letzter Kraft zum Handy schleppen und die Crew verständigen, die mich rettet. Ist ein guter Plan, den habe ich mir im Krankenhaus ausgedacht.

Maggie zu einem Picknick zu überreden, war auch ganz leicht.«

Ihr ist kalt. Auf der anderen Seite war es immer wärmer. Auf der Seite derjenigen, die morden. Sie hat ihren Meister gefunden, sie weiß es, doch sie versucht, nicht flehentlich zu klingen. »Ich hab dir immerhin das Leben gerettet – sozusagen. Und an Marks Geld kommst du nicht ran ohne mich. Du brauchst mich doch, Franz, und wir sind aus einem Stall. Ich habe sechs Männer umgebracht – denkst du, ich verpfeife dich?«

Ein paar Sekunden lang hofft sie auf Gnade, denn Franz scheint zu überlegen. Dann beugt er sich zu ihr herab und lächelt schmieriger als je zuvor: »Tut mir leid, ich mag dich sehr, aber ich traue dir nicht, Victoria. Du bist ein so böses Mädchen. Also –, bringen wir es hinter uns.« Er gibt dem Mann ein Zeichen, das ist das Letzte, das sie sieht in dieser Welt: Schöne Hände und ein geschmackloser Siegelring.

KALIBER .64

FRIEDRICH ANI: Der verschwundene Gast
Original Kaliber .64 / Broschur / 64 Seiten / ISBN 978-3-89401-566-4
Tabor Süden, der große Schweiger unter den Kommissaren in der
deutschsprachigen Kriminalliteratur, löst einen kniffligen Fall …

MARITA UND JÜRGEN ALBERTS: Tod in der Quizshow
Original Kaliber .64 / Broschur / 64 Seiten / ISBN 978-3-89401-578-7
Ein Mann nimmt Rache an dem Moderator einer Quizshow – aber der
Tod muss verschwiegen werden, den ungesendeten 13 Folgen zuliebe …

MANFRED WIENINGER: Die Rückseite des Mondes
Original Kaliber .64 / Broschur / 64 Seiten / ISBN 978-3-89401-580-0
Nach der Pensionierung von Inspektor Grassmann bricht in »seinem«
Revier das Chaos aus – eine bösartige Geschichte aus der Provinz …

HORST ECKERT: Der Absprung
Original Kaliber .64 / Broschur / 64 Seiten / ISBN 978-3-89401-497-1
Tom Giering ist SEK-Beamter und ein Mann
für die ganz harten Fälle, doch dann beginnt seine Schusshand
zu zittern: Parkinson …

GUNTER GERLACH: Engel in Esslingen
Original Kaliber .64 / Broschur / 64 Seiten / ISBN 978-3-89401-541-1
Ebbe und Valerian sind zwei Knastbrüder in Freiheit, denen
in selbiger reichlich viel schiefgeht …

FRANK GÖHRE: Der letzte Freier
Original Kaliber .64 / Broschur / 64 Seiten / ISBN 978-3-89401-496-4
Mord an der Prostituierten Tanja: Sie war bekannt dafür,
dass sie ihre Freier auch gern einmal linkte …

ROBERT HÜLTNER: Ende der Ermittlungen
Original Kaliber .64 / Broschur / 64 Seiten / ISBN 978-3-89401-553-4
Der nicht-korrumpierbare Kommissar Grohm ermittelt in einem
Mordfall vor dem Hintergrund des sich zusammenrottenden
Nationalsozialismus der 20er Jahre …

SUSANNE MISCHKE: Sau tot
Original Kaliber .64 / Broschur / 64 Seiten / ISBN 978-3-89401-542-8
Nach der Hochzeit in einem niedersächsischen Dorf liegt am nächsten
Morgen einer tot – mit Mistforkeeinstichen in der Brust …

64 Seiten und Schluss!

KALIBER .64

CARLO SCHÄFER: Kinder und Wölfe
Original Kaliber .64 / Broschur / 64 Seiten / ISBN 978-3-89401-551-0
Der ständig betrunkene Pfarrer Schmutz wird in ein
kleines Winzerdorf versetzt. Seine Predigten nimmt das Dorf
gelassen auf – bis zum ersten Todesfall …

EDITH KNEIFL: Der Tod ist eine Wienerin
Original Kaliber .64 / Broschur / 64 Seiten / ISBN 978-3-89401-552-7
Die Arbeit einer dubiosen Beratungsstelle für Frauen, die ihres Gatten
überdrüssig sind, zieht einige Todesfälle nach sich …

BERNHARD JAUMANN: Geiers Mahlzeit
Original Kaliber .64 / Broschur / 64 Seiten / ISBN 978-3-89401-567-1
Ein raffiniertes Katz-und-Maus-Spiel um Wahrheit und Lüge,
um Schein und Sein.

ROMAN RAUSCH: Meet the Monster
Original Kaliber .64 / Broschur / 64 Seiten / ISBN 978-3-89401-568-8
Ein an den Nerven zerrendes Duell zwischen dem sogenannten
Türken-Schlitzer und dem Polizeipsychologen Staudt …

WOLFGANG SCHORLAU: Ein perfekter Mord
Original Kaliber .64 / Broschur / 64 Seiten / ISBN 978-3-89401-579-4
Ein erfolgreicher Krimi-Autor findet eine Leiche genau so,
wie er es in seiner Geschichte beschrieben hat …

REGULA VENSKE: Mord im Lustspielhaus
Original Kaliber .64 / Broschur / 64 Seiten / ISBN 978-3-89401-498-8
Ein ostdeutscher Kabarettist plant einen Auftritt,
doch im Hintergrund agiert eine Figur aus alten DDR-Zeiten,
und die will nur Eines: Rache.

GABRIELE WOLFF: Im Dickicht
Original Kaliber .64 / Broschur / 64 Seiten / ISBN 978-3-89401-543-5
Eine kleinbürgerliche Idylle im brandenburgischen Land zersetzt sich
schleichend. Ein Psychothriller erster Güte …

CARMEN KORN: Der Fall der Engel
Original Kaliber .64 / Broschur / 64 Seiten / ISBN 978-3-89401-482-7
Zwei Fensterstürze in einer Woche. Beide Frauen haben sich
für ihren letzten Weg besonders schön herausgeputzt ….

ROBERT LYNN: Tochterherz
Original Kaliber .64 / Broschur / 64 Seiten / ISBN 978-3-89401-481-0
Eine populäre Fernsehschauspielerin stirbt. Nachforschungen des
Journalisten Wolf führen ihn in die intrigante Welt der Medien …

64 Seiten und Schluss!